KB186234

육아의 감촉

육아의 감촉

말랑마랑 보들보들
나꽁아꽁 일기

임세희 지음

design **house**

프롤로그

같이 가~

잘 다녀와~

타박
타박

어느 날, 아이를 낳았습니다.

덜컹
덜컹

어느 날, 아이는 내가 알지 못했던 사랑을 주었고
어느 날, 아이는 내가 알지 못했던 행복을 주었고
어느 날, 아이는 내가 알지 못했던 아픔도 주었습니다.

덜컹
덜컹

그제야 나는 알 것 같았습니다.
엄마의 사랑을.
엄마의 행복을.
엄마의 아픔을….

덜컹
덜컹

아가~
힘들지?

어느 날, 나는 엄마가 되었습니다.

차례

1장 내가 위로해 줄게요

둘째가 생겼어요

임신이야!

얼음

아니… 어떻게.

둘째라니!

둘째라니···.

둘째라니!!!

기쁨과 걱정이 교차하는 아빠

나꿍아,
엄마 배 속에
아기가 있대.

그래?
온도 재는 애가
알려 줬어요?

응, 맞아.

항상 용기가 없다면서 미뤄 왔던 둘째.
생각지도 못했는데 거짓말처럼
우리에게 와 주었습니다.
용기 없는 엄마, 아빠를 대신해
아기가 스스로 찾아온 것처럼요.
그래서 아기에게 더 고마운 마음이랍니다.

둘째 고민은 둘째를 가져야 끝난다고 했던가요?
고민을 끝낸 우리는
아기가 건강하게 자라기만을 바랍니다.

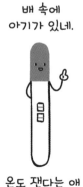

배 속에
아기가 있네.

온도 잰다는 애

엄마 배 속에 카메라

산부인과 검진일

나꿍아,
엄마 배 속에 있는 아가
사진 찍으러 갈 건데
같이 갈래?

네! 갈래요!

엄마, 그런데
배 싹둑싹둑 잘라서
연 다음에
아가 사진 찍어요?

아니, 배 속까지
찍어 주는
카메라가 있어.

병원 진료실

이쪽으로 들어가세요.

우리도
조금 있다가
들어갈 거야.

와락

아빠, 그런데
엄마 배 자르면 어떡해요?

아니야,
배 속으로
찍는 거야.

들어오세요~.

진료실에 들어온 후, 엄마 배만 보는 나꿍이

나꿍아,
아가 보여?

뚫어져라.

진료 후

나꿍아,
아가 예뻐?

뽀뽀 쪽~.

네! 엄마 배 속에
카메라가 있어서
정말 좋아요!

나꿍이도 이때 찍은 사진 있는데
집에 가서 보여 줄까?

정말요? 볼래요!

다섯 살 나꿍이 생각에 엄마 배 속에 있는 아기 사진은
아무래도 배를 열고 찍는 것 같았나 봅니다.
아이와 특별한 순간을 함께할 수 있어서 즐거웠고,
처음으로 우리가 네 명이라 더 즐거웠답니다.
다만, 배 속 아기에게도 배 바깥을
찍어서 보여 주는 카메라가 있었으면
더 좋았을 텐데 말입니다.

엄마랑 아빠랑
언니 보이네~.

내가 위로해 줄게요

다툰 날

아이는

눈물을 닦아 주고

이불을 덮어 주고

토닥토닥 해 주고

두리번

장난감을 갖다줍니다.

그리고

울지 마….

폭풍수다.

싸웠어?
그럼 나쁜 사람인데.
산타 할아버지가
선물 안 주실 텐데.

빠방 갖고
놀고 싶어?
이건 내가
갖고 놀게.
알았지?

미안해~
이제 안 싸울게.

응~

그렇게 아이의 첫 위로에 마음이 먹먹해진,
다툰 날.
부부인 우리는
시시각각 다투며 조금씩 맞추어 가지만
부모가 싸우면
전쟁 정도의 공포를 느낀다는 아이.

"싸우는 게 아니고 생각이 달라서 이야기하는 거야~"라고 말하고
앞으로 싸우지 않기로 합니다.

어린이집 안 갈 거예요

지난 2월
"어린이집 안 갈 거예요."
연휴 내내 입버릇처럼 말하던 나꿍이.

나꿍아, 우리
어린이집 가자.

선생님이랑
친구들이 기다린대.

시져.

훅~

싫어.
안 갈 거야.

휙~

엄마는 회사 가야 하는데
나꿍이 혼자 있을 거야?

응. 집에서
기다릴 거야.

엄마는 오래오래
있다 올 거야.

네!

바이
바이

헉… 손을 흔든다.

27

엄마 간다.
그럼 집 보고 있어.

안녕~ 정말 간다.

네!

안녕~

진짜 나오고 말았다.

집중

독한 것…
울지도 않는다.

이제
어쩐담…

왔다 갔다….

속절없이 시간만 가는구나….

결국 SOS 요청

하린맘 와 줄 수 있어?
하린이가 가자고 하면
갈까 싶어서….

하린맘 기다리는 중

흐어어엉~

벌컥

어~엄마아~

나꽁아~

와락

괜찮아.
엄마 왔어.

으아앙~
엄마아~

저기….

나꽁아!

눈물
콧물

아… 슬프고 창피하다.

한참 동안 하린이와 노는 나꿍이

나꿍아,
이제 하린이랑
어린이집 갈래?

네! 하린이랑 같이
어린이집 갔다가
집에서 놀 거예요!

휴….

그렇게 눈물바다가 된 이야기.

아이를 처음으로 어린이집에 보내고
마음 졸이며 기다리던 나에게
엄마 마음이 편해야 아이도 잘 적응한다고 하시던
선생님 말씀이 떠오릅니다.
자기를 돌봐 줄 사람인데
아이도 신중해야 하지 않겠느냐며,
밥도 주고, 기저귀도 갈아 주고,
잠도 재워 주는 선생님과 생활하다 보면
아이도 믿음이 생길 거라고 말이지요.

엄마가 불안해하면
아이도 불안해한다고 합니다.
아이들이 신중해지는 이 시기를
고마운 마음과 편안한 마음으로
잘 보냈으면 좋겠습니다.

잠깐 동안의 이별

출산 하루 전날

엄마꽁은 둘째를 잘 맞이하기 위해서
임신 기간 동안 나꽁이와 정기검진도 함께 다니고
출산에 대해서도 설명을 많이 해 주었습니다.

다음 날 새벽

나꽁아, 일어나
아가 만나러 가자.

벌떡

그런데 어쩐 일인지
금방이라도 울 것 같은 나꽁이.

나꽁아
왜, 기분이 안 좋아?

엄마
많이 아프면
어떡해요?

아….

괜찮아.
조금 아프겠지만
금방 나을 거야.

나꿍아, 엄마
잘 다녀올게.

그렇게 우는 너를 뒤로하고
엄마는 수술대에 올랐지.

그동안 너는 아빠와
밥을 조금 뜨고
몇 차례 더 울었다고 했지.

마취에서 깨서 처음 본 건
근심 가득한 눈으로
나를 지키고 있는 너였어.

나꿍아,
엄마 괜찮아.

엄마!
아가 진짜 작다요.
언니만 닮았대요.
창문에 카드를
내야 하는데….

그제야 너는 재잘재잘 웃음이 많은 나꿍이로 돌아왔어.

그렇게 저희는
새 가족을 맞이했습니다.

출산하기 전날.
엄마꽁은 이별 여행이라도 하듯
나꽁이와 밥을 먹고 영화를 보고
둘만의 시간을 가졌습니다.
그리고 출산하는 날.
우리는 잠깐 동안 이별해야 했고….
둘째는 첫째에게 눈물인 것만 같았습니다.

하지만 새 가족을 맞이한 날.
우리는 다시 만났습니다.
그리고 새 가족이 있어 더 행복했습니다.

해님이 나만 따라와요

졸졸

졸졸졸

휴···
너무 덥다.

엄마, 해님이 나만
따라와서 그래요.

그래?

엄마,
잠깐만!

후다닥

어… 그래.

엄마, 이제
안 덥죠?

나꿍이는 더운 해를 멀리 데려다 주었답니다.

엄마의 엄마

우리 새끼
할머니 왔다~.

애들 외할머니가 오셨습니다.
늘 그렇듯이 가방 가득
반찬과 간식거리를 싸 가지고요.

할머니!

그리고
늘 그렇듯이
첫째는 업고
둘째는 안고,

그냥 둬라.

나꿍아,
할머니 힘들어.
내려와.

늘 그렇듯이
애들이 눈에 보이면
편히 못 쉰다며
둘을 데리고 나가십니다.

그리고 늘 그렇듯이
집에 가실 때에는
눈시울이 붉어지십니다.

내 모든 것을 짊어지시고도
아직 부족하다는 우리 엄마.

고맙습니다.
그리고 사랑합니다.

내 엄마….

엄마라는 그릇

엄마,
주황색 색연필이
없어졌어요.

잘 찾아봐.

엄마,
그래도 없어요.

여기 있구먼….

엄마,
블록 꺼내 주세요.

색연필은
정리한 거야?

엄마,
쉬 다했어요.

엄마, 뚜껑이
안 열려요.

나꽁아!
엄마 좀 그만 불러!!

아니, 내가
밥이랑 김치랑
냠냠 먹으려고 했는데
김치가 너무 커서….

미안해요.

깜짝

아… 아니야….
엄마가 김치를
안 잘라 줬구나.

엄마가
잘라 줄게.

엄마가 화내서 미안해.

그런 날이 있습니다.
아이가 흘린 밥풀 하나, 종잇조각 하나하나가
가시처럼 뾰족이 찌르는 날.

아이가 하루에도 수십 번, 수백 번 부르는
'엄마'라는 말은 차곡차곡 쌓여서
어느 날, '빵' 터져 버리고 말았습니다.
하지만 사실, 아이가 종일 엄마를 부른 것이 아니라
엄마가 종일 아이에게 화를 내고 있었던 것입니다.

아직 작기만 한 '엄마'라는 그릇.
아이가 '엄마'를 아무리 찾아도 넘치지 않게
조금 더, 조금 더 키워 나가야겠습니다.

엄마와 아빠의 거리

아이들이 있어 엄마, 아빠는 더 가까워졌습니다.

오늘도 고생 많았습니다.

잠자는 중에도 고생 많으십니다.

언니의 여름 방학

집에서 혼자 노는
나꽁이.

자영업을 하고 있는 꽁이네.
요즘 일이 바빠져서 아빠꽁은 휴가도 없이 일을 해야 했답니다.

엄마,
아빠 쉬는 날
수영장 갈 수
있지요?

음….
엄마랑 아꽁이랑
같이 가 볼까?

그래서 혼자 딸내미 둘 데리고 수영장.

한 명은 업고 한 명은 손잡고 과학관.

업고 뛰고 공원.

나꿍이 엄마도
슈퍼맘이 다 됐네.

대단 대단

하지만 사실

아이는 작은 손으로
혼자 서툴게 신발을 신고

혼자 화장실을 찾아
뛰어가고

혼자 옷을
추스르고….

엄마가 할 수 있는 것은 멀리서
혼자 노는 아이를 지켜보는 것.
그리고 가끔씩 손을 흔들어 주는 것.

아꽁이가 생긴 뒤 내가 슈퍼맘이 된 것이 아니라
나꽁이가 슈퍼아이가 되고 있던 것입니다.
완전하진 않지만 최선을 다해
여섯 살의 여름 방학을 함께 보내 주고 싶었던 엄마는
무엇이든 혼자 해야 하는 첫째에게 미안하고
언니 따라다니느라 젖도 잘 못 얻어먹고
더워서 고생하는 둘째에게 또 미안할 뿐입니다.

우리 같이 애쓴 순간, **찰칵~!**

방학, 안녕하신가요?

분리불안 시기를 보내는 중입니다

잠자기 전, 엄마가 책 읽어 주는 시간.

도저히
안 되겠어.

으앙~
으앙~

8개월 둘째 아꿍이.
분리불안이 시작된 건지
엄마를 무척 찾는답니다.

나꿍아

꽉

안 돼요.

그리고 동생에게
엄마를 양보하는 것이 싫은
나꿍이.

아꽁이 분리불안 시기가
지날 때까지
기다려줄 수 있겠어?

네!

나꽁이가 알아듣기 쉽게
아이의 분리불안 시기를 설명해 줍니다.
나꽁이도 아기 때 그랬었고
이 시기가 곧 지나갈 것이라고
말해 줍니다.

그 후

엄마!
엄마!

아꽁이 지금
엄마랑 분리돼서
내 방에 있어요!
빨리 데려가요!!

분리된 건 아꽁이인데
불안한 건 나꽁이다.

나꽁아,
엄마 화장실 갔다올 테니
아꽁이 좀 보고 있어.

그럼, 아꽁이
엄마랑
분리될 텐데요.

어머! 이제
낯가리나 보네~.

엥~.

지금
엄마랑
분리돼서
그래요.

그래서 나꽁이는 지금,

분리불안 전문가

조금은 부작용이 있는 것 같지만
나꽁이는 동생의 분리불안 시기를 잘 보내고 있는 듯합니다.

엄마 화장실 가서
쉬~ 하고 올게.

짠!
엄마 쉬하고
빨리 왔지?

엄마가
설거지하고
놀아 줄게.

쏙싹
쏙싹

엄마랑
설거지하고
같이 놀 거예요.

그리고 한참 분리불안 시기를 보내고 있는 아꽁이.
엄마만 좋다는 이 시기를
한껏 안아 주고 한껏 사랑하며 보내야겠습니다.

프리랜서 엄마의 하루

엄마꽁은 그래픽 디자이너랍니다.
회사에 다니다가 둘째를 갖고 나서 프리랜서로 전향했습니다.
그래서 디자인 작업을 조금씩 하면서
남편이 운영하는 가게 일을 돕고 있습니다.

드라이플라워   캘리그래피 엽서   수제 도장
만들기   만들기   만들기

그리고 주업인 딸 둘 키우기!

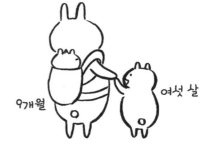

9개월   여섯 살

프리랜서 엄마의 일과를 소개합니다!

첫째는 유치원, 둘째는 자는 중

엥~

자다 깨서 울고 있는 아꿍이

도닥여 주면 다시 잠드는 아꿍이

아구…
엄마 없었어?

도닥 도닥

일하다, 재우다, 무한 반복

옝~

아…
이것만 하면
되는데

으앙~

엄마 여기 있는지
어떻게 알았지?

기어서 컴퓨터 방 방문

결국 깨어 버려서 컴퓨터 방으로 데려온 아꿍이

두둥~

응, 그래
엄마 조금만 하면 돼.

거긴 어떻게
올라갔어?

안 돼, 안 돼!
먹는 거
아니에요.

결국 업고 마무리.

이제부턴 집안일과 아기 케어의 시간입니다.

우리 아기
맘마 만들어요.

아, 네.
조금 전에 작업한 거
보내 드렸어요.

엄마
빨래 널고
들어갈게.

여보,
오늘 발송해야
한다고?

이렇게 오후를 보내다 보면 첫째 픽업 시간입니다.

헛!
언니한테
갈 시간이다!

언니
기다리겠다.
언능 가자.

오늘 빨리
오라고 했는데….

종종

유치원 앞.

이유식
묻어 있었네.

툭툭

두둥!

떡진 머리

세수만
겨우

돌돌이 안경

대강 질끈

이유식
덕지덕지

늘어난
목

슬리퍼
질질

이렇듯 눈에 띄게 꼬질꼬질한 엄마꽁은

예쁘게 꾸민 엄마를 보면
아득해지곤 합니다.

그리고 첫째와는 이제부터 시작.

나꽁아!
오늘 유치원
재미있었어?

이렇게 일에 집중할 수도, 아기에게 집중할 수도,
나에게 집중할 수도 없는 프리랜서 엄마.
그럼에도 멈추지 않는 이유는…

덕분에 행사
너무 잘 치렀어요.

올해의 앱에
선정됐어요.

너무
예뻐요.

입금 드렸어요.

까꿍

깔깔깔깔

이렇듯 가슴 두근두근한 행복한 순간이 있기 때문입니다.
그래서 엄마꿍에게 프리랜서 엄마란?

괜찮지 아니하다 할 수 없지 아니 할 수밖에….

슬픈 자장가

잠자는 시간

잠이 통 안 드는 나꿍이

엄마가 섬 그늘에
굴 따러 가면
아기가 혼자 남아
집을 보다가
바다가 불러 주는
자장 노래에
팔 베고 스르르르
잠이 듭니다.

나꿍아
왜 울어?

아기가
혼자 남아서….

결국 울음을 터뜨린 나꿍이.

괜찮아, 울 아기.
엄마 금방 올 거야.
엄마가 노래
바꿔 불러 줄까?

끄덕
끄덕

아빠가 섬 그늘에
굴 따러 가면

아빠가
굴 따러 갔어요?

응.

풉

헤헤헷

아기는 엄마랑
집을 보다가
엄마가 불러 주는
자장 노래에
팔 베고 스르르르
잠이 듭니다.

우리 아기도 그제야 곤히 잠이 듭니다.

가슴이 먹먹해져서 잘 부르지 않는 노래인데
아이를 재울 때면 늘 떠오르곤 합니다.
혹시나 하고 불러 줬는데
역시나 울음을 터트린 나꽁이.

어느새 아이는 훌쩍 커서
슬픈 노래에서 엄마와 같은 것을 느낍니다.

쉭쉭

아빠는 아꽁이
재우는 중.

2장 너란 아기

엄마의 무게

아기띠를 하고 생활을 하다가

장 볼 때에도

아 뜨거예요.

이유식을 만들 때에도

오야
오야

엥~

밥 먹을 때에도

아기띠를 풀면

붕~

장 볼 때에도

붕~

이유식을 만들 때에도

어떤 레스토랑이
이보다 좋을까.

붕~

너저분

밥 먹을 때에도

마치 오랜 시간 차고 있던
모래주머니를 푼 것 같은 가벼움.

미처 알지 못했던
1인 1몸의 자유로움.

1인 2몸일 때.

1인 3몸일 때.

아이들이 항상 저를
혼자 있게 두지 않아서
힘들고,
아이들이 항상 저를
혼자 있게 두지 않아서
고맙습니다.

아이들의 무게가
너무나 버겁게 느껴질 때
이 또한 언젠가
혼자 남겨질 날을 위해 아껴 둬야 할
소중한 나날들임을
잠시라도 잊지 말자고
다짐하고 또 다짐합니다.

너란 아기

찰싹
찰싹

아야!
엄마 아파!

온 가족을 때리고

악!
아빠 코를!

깨물고

엄마! 아꽁이가
머리 뽑아요!

잡아 뜯고

손 닿는 것마다 망가뜨리고

이번 생은
여기까지.

덜컹

짝~

언니 물건만 좋다 하고

쪽쪽

찌익

뚝

아아…
나꿍이
어쩌나….

이유식은 먹지 않고

먹지 말라는 것만 먹고

위험한 데만 계속 올라가고

집은 엉망진창

요 말썽쟁이 녀석.

척

버둥
버둥

식탁 중앙으로 모두 대피

안 되겠어.
엄마한테
혼나야겠어.

이 녀석!
자꾸 말썽
부릴 거야?

쪽♡

엄마가

쭉♡

위험하다고

너란 아기.

예쁘고 예쁜
너란 아기.

하늘이 주신
귀하디귀한 우리
아기.

쭉♡

우리 아이들은 어떤 경우에도
잘못하는 것이 없습니다.
소중한 우리 아이들이
학대당하는 일이 없기를 바랍니다.

또다시 단풍의 계절

아기를 낳고 나니

11월이 가고

아꽁아
언니야~

12월이 가고

우리 아기
배고파요?

왜 이렇게
좁은 거냐~

1월이 가더니

이렇게
뒤집는 거야.

버둥
버둥

휙

2월이 가고

언니가
아꽁이 안경
만들어 왔어.

3월이 가고

우와!
앉았다!

4월이 갔습니다.

엄마!
언니가 주니까
먹어요!

그리고 5월이 가고

어떻게
일어났어?

6월이 가고

꺄아아~

7월이 가더니

아~
이것만이다.

8월이 가고

언니
따라와 봐라~.

9월이 가고

자, 선물.

10월이 가고 있습니다.

지난 가을.
예쁘게 물든 나뭇잎을 남겨 두고
아기를 낳으러 가는 게
못내 아쉬웠는데….
시간은 차곡차곡 흘러
어느새 또다시
곱게 단풍이 들었습니다.

아이들은 그 시간을
차곡차곡 먹고
곱게 자라납니다.

참으로 고마운 시간입니다.

동생 앓이

아꽁이가 태어난 지 1년, 지난해 이맘때쯤
첫째의 질투에 대비하는 것으로 둘째의 출산 준비를 했습니다.

눈을 찔렀대.

울고불고 유치원에
안 간다고 했대.

아빠가 둘째를
안고 들어가야 한대.

둘째가 울면 첫째한테
물어보고 안아야 한대.

꿀꺽

하지만 나이 차이가 있어서일까요?
동생이 태어난 후 나꿍이는 질투 대신 육아 욕심을 드러냈습니다.
동생을 너무나 예뻐하는 나꿍이 덕분에
순조롭게 동생맞이를 할 수 있었습니다.

쉬아는 내가
갈아 줄래요.

우리 아기
배고파쩌?

그런데 얼마 지나지 않아,
평소 건강하던 나꿍이는 겨울부터 여름이 올 때까지
정말이지 많이 아팠습니다.
독감에, 장염에, 눈병에 급기야는 병원 입원까지….

두둥

계속 토해서 이삼일에 한 번은
병원에 데리고 가는 아빠.

그리고 아직 어린 둘째 걱정에
매일 집을 소독해야 했던 엄마.

떠나
가라

으엥~

시작도 안 했다,
이 녀석아~

덕분에 태어난 지 한 달 만에
병원 신세를 져야 했던 아꽁이.

나 만날 이렇게
토하면서
살아야 해요?

그리고 아파서
가장 힘들었을 나꽁이.

그렇게 몇 달을 보내고 나꿍이는 이제 다 나은 듯했습니다.
하지만 계속 배가 아프다는 나꿍이.
정말 여러 병원에 가 봤지만 별 이상이 없다고 해서
아팠던 동안 받았던 관심이 좋아
일부러 아픈 척하는 것이 아닌가 하는 생각도 들었습니다.

이렇게 계속 아프다고 하면
큰 병원에서 정밀검사를
받아보셔야 할 것 같아요.

잘 놀다가도 물어보면 아프다는 나꿍이.

나꿍아, 계속 아프면
병원에 또 입원해야 돼.
정말 아파?

네….
또 입원해요?
무서워요.

정말 아픈가….

유치원에서는 밥도 두 그릇씩 먹는다는데….
아무리 좋아하는 것으로 꼬셔도 나꽁이는 집에만 오면
배 아프다고 질색했습니다.

나꽁이, 이제
배 안 아픈 거 같은데
아이스크림 먹을래?

아니요.
배 다 나으면
먹을래요.

아이스크림을
거부하다니…
정말 아픈가….

의심

의심

의사 선생님이
나꽁이 이제
안 아픈 거 같다는데
아직도 아파?

네…

그렇게 병원을 찾아다니던 중 뜻밖의 말을 듣게 되었습니다.

이런 경우,
몸은 정상이지만 스트레스 때문에
아이가 정말 아프다고
생각하는 것일 수도 있어요.
본인은 정말 아픈 거죠.

여기가
이만큼
아파요.

아…
나꽁이는 정말
아픈 거였구나….
엄마가 미안해.

평소 엄마 껌딱지였던 나꿍이.
엄마를 독차지하던 여섯 살 아이가 엄마 자리를 내어 놓았을 때 어떤 심정이었을까….
너무나 아무렇지도 않아 보여서 마음을 놓고 있던 동안
나꿍이의 마음은 점점 더 아파 가고 있었나 봅니다.

그래서 그 후로는 더 이상 아프냐고 물어보지 않았답니다.

나꿍아,
동생 생겨서 힘들지?
엄마가 아꿍이 계속
안고 있어야 하잖아.

엄마!
아기는 원래
안아 주는 거예요.

그렇게 나꿍이는 울고 떼쓰는 대신
어쩌면 더 혹독한 동생 앓이를 했는지 모르겠습니다.
겨울이 돌아오고 있는 지금,
지난 겨울을 생각하며
심장이 쫄깃해지는 엄마입니다.

그래.

엄마
나 독감 주사
잘 맞으면 공주책
사 주세요.

아프지 말자, 우리 아기들.

유축에 대한 기억

첫째 출산 후
젖 양이 너무나 많았던 엄마꽁.

젖 마사지 중

유전을
발견한 듯

하지만 기쁨도 잠시
손가락 하나 움직일 수 없을 정도로
극심한 젖몸살을 앓았습니다.

양배추 투혼

저도 처음엔
제가 평범한 채소인
줄 알았어요.

그리고 젖 양이 너무 많아 직접 수유도 불가능한 상황.

이런 이유로

켁켁

이런 비효율적인 시스템

유축과 젖병 수유를 동시에

그래도 100일이 다가올 즈음에는
젖 양이 맞아 수유가 가능해졌습니다.
하지만
회사에 복직을 해야 했던 엄마꽁.
그리고
젖병을 거부하는 나꽁이.

니가 언제부터
쭈쭈 먹었다고
젖병 거부냐.

그렇게 젖병을 거부하는 아기를
할머니에게 맡겨 두고,
"엄마가 안 보이면 그래도 먹는다더라"라는
이 한마디에 의지한 채 일터로 향했습니다.

배가 너무 고파 울다가 잠들기 직전에야
젖병을 겨우 조금 문다는 우리 아기.

그리고 점심을 대강 때우고
아기를 생각하며 휴게실에서 유축을 하는 엄마.

아기를 생각하면 회사를 그만둬야 하나 생각하다가도
유축을 하던 휴게실이 없어진다는 소식에 하늘이 무너지는 것만 같았습니다.
그래서 창고에 숨어서 유축을 하며 인기척에 깜짝 놀라 몸을 추스르며,
'그래도 이 공간이라도 있어서 다행이다,
그래도 내 새끼 젖은 먹일 수 있어서 다행이다'라고 생각했습니다.

결혼 전, 점심을 먹고 휴게실에 간 엄마꽁.
원피스를 곱게 차려입은 여직원이 등을 구부리고 수줍은 듯 나옵니다.

'왜 혼자 문을 잠그고 있었을까….'
나 역시 아기 낳기 전까지는 유축이 무슨 말인지도 몰랐습니다.

그대들 역시 어찌 알겠는가….
젖을 짜내어 먹이는 어미가 있다는 것을….

그리고 나 역시,
애 엄마 티를 내고 싶지 않아
가장 말끔한 옷을 입고
가장 큰 가방을 메고
일터로 향했습니다.

퇴근 후에는
종일 엄마 쭈쭈 찾으며 기다렸을
우리 아기를 생각하며,
전철에서 내려 집까지 단 한 번도
마음 편히 걸어간 적이 없습니다.

비가 오든 눈이 오든 숨이 차게 뛰어가면
그리웠던 우리 아기가 방글방글 웃어 주었습니다.

우리 아기
엄마 왔다!
쭈쭈 먹을까?

그래도 내일까지는
젖을 먹일 수 있겠구나….

그리고
냉장고에 모유를 차곡차곡 쟁여 두면
마음이 그렇게 든든할 수가 없었습니다.

쭈쭈만 생각해도,
다른 사람과 조금 닿기만 해도
줄줄 흐르는 쭈쭈.

일이 바빠 유축을 못한 날이면 퇴근길 만원 전철 안에서
붙은 젖이 샐까 전전긍긍하며 모유와 깔대기가 잔뜩 들어 있는 가방을
꼭 끌어안았습니다.

그렇게 집에 오면
아기는 단단하게 굳어
줄줄 흐르는 젖을
달게도 먹어 주었습니다.

그런 날이면 어김없이
젖몸살이 찾아왔습니다.
처음 엄마가 된 내 몸은
미련하게도 새끼를 위해서만
작동하는 듯했습니다.

그런데도 일에 대한 미련을 버리지 못했습니다.
그렇게 회사를 다니며 21개월까지 완모(분유를 섞어
먹이지 않고 순전히 모유로만 수유함)를 했습니다.
젖 양이 많기도 했지만 직장맘이라
직접 아이를 돌보지 못한 미안한 마음에
모유를 더 고집했는지도 모릅니다.

둘째를 낳아 기르고 있는 지금은
회사를 다니지 못해 불안한 마음이나
젖을 주지 못해 불안한 마음이나
비슷하다고 생각하며
맨얼굴에 목이 늘어난 티셔츠를 입고
슬리퍼를 신고
첫째 픽업 시간에 맞춰
비가 오나 눈이 오나 뛰고 또 뜁니다.
엄마가 아기에게
젖을 먹이고 싶은 건
숨을 쉬듯 밥을 먹듯
당연한 일일 것입니다.

직장맘을 위한 환경이
더 좋아졌으면 하는 바람입니다.

늦었다.
언니
기다리겠다.

엄마의 열두 달

방학 1월

1월을 보내면
한파 2월

2월을 보내면
새 학기 3월

선생님이랑
같이 들어가자.

엄마아~

3월을 보내면
황사 4월

집에 빨리
들어가야 돼.

엄마!
꽃이
아름다워요.

4월을 보내면
선물 5월

내 선물

어린이날, 어버이날, 스승의 날 선물

5월을 보내면
장마 6월

나꽁아
천천히 가.

물 반, 사람 반

6월을 보내면
또 방학 7월

내가 여기에
왜 있는고….

땀띠 나는 거 아닐까⋯.
감기 걸리는 거 아닐까⋯.

7월을 보내면
폭염 8월

나꿍아!
집에 좀 가자!

8월을 보내면
놀이터 9월

올해는 조금
한다고 했는데
이렇게 많네.
내년엔 진짜
조금만 해야지.

9월을 보내면
곱등이 10월

그 약속
잊지
마세요.

10월을 보내면
또 곱등이 11월

그 약속
잊지
마세요.

올해는 조금
한다고 했는데
이렇게 많네.
내년엔 진짜
조금만 해야지.

11월을 보내면
또 선물 12월

산타 할아버지가
양말 속에 선물
넣어 주신다 했으니까.

화장대가
들어가야 하는
양말 제작.

그때는 몰랐습니다.
엄마가 한 장씩 넘기던
달력의 의미를.
엄마의 열두 달은
다르게 흘러간다는 것을.

그리고
이제는 엄마가 되어서
달력의 남은 한 장을
넘겨 봅니다.

한 것과 하지 않은 것

언니는

엄마, 엄마!
이것 좀 보세요!

겨우
잠들었는데….

깜짝

잠 깨우고

내가 먼저 집었어!

뺏고

아야! 저리 가!

엥~

울리고,

엄마는

도닥　　　　　　　　도닥

다시 재워 주고

자자,
여기 있네.

돌려 주고

으구구,
언니가
그랬어?

달래 주고.

언니는

엄마, 엄마!
이것 좀 보세요!

혼자 놀고

내가 먼저 집었어!

뺏기고

아야! 저리 가!

엥~

울고,

엄마는

쉿!

놀아 주지 않았고

아꽁이 잠깐
갖고 놀라고 하자.
나꽁이는 다른 거
많이 있잖아.

돌려 주지 않았고

울지 마.
아꽁이가 몰라서
그런 거야.

아꽁이가
깨물었어요.

달래 주지 않았습니다.

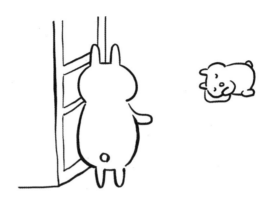

오늘도
미안해….

그걸 항상 잠든 후에 깨닫습니다.

항상 급한 불을 끄는 심정으로
둘째를 먼저 챙기게 되는 엄마.
당연한 것이
당연해지지 않은 첫째에게
기다림이 익숙해진 첫째에게
미안한 마음을 담아 글을 씁니다.

오늘도 미안해~.
그리고 언제나 고맙고 사랑해,
우리 첫째 아기.

그래~.

엄마, 엄마!
이것 좀 보세요!

아꿍이가
망가뜨리지 않고
줄을 세워 놨어요!
대단하지요?

○ ☆ △ ▢

남편에게 쓰는 편지

안녕, 여보?
항상 연말에는 내년 계획을 세우거나
서로에게 바라는 점을
이야기해 보자던 나였지만
올해는 당신에게 고마운 점만
이야기하는 것으로 끝내려고 해.

C마트 주차장에서
나한테 짜증냈던
이야기 같은 건
다 빼고 말야.

먼저, 밤낮없이 묵묵히 일해 줘서 고맙고

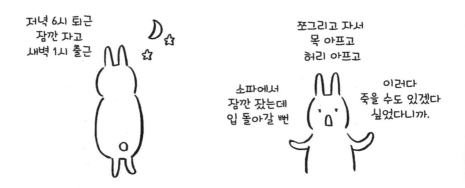

저녁 6시 퇴근
잠깐 자고
새벽 1시 출근

쪼그리고 자서
목 아프고
허리 아프고

소파에서
잠깐 잤는데
입 돌아갈 뻔

이러다
죽을 수도 있겠다
싶었다니까.

묵묵히는 아니었구나….

작은 짐이든 큰 짐이든 묵묵히 들어 줘서 고맙고

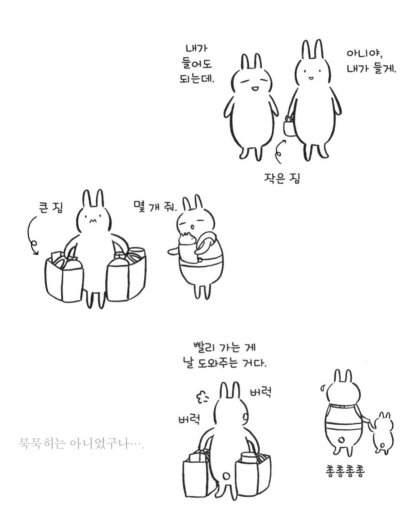

내가
들어도
되는데.

아니야,
내가 들게.

작은 짐

큰 짐

몇 개 줘.

빨리 가는 게
날 도와주는 거다.

버럭

버럭

묵묵히는 아니었구나….

총총총총

말수가 적은 편인 나를 대신해 옆에서 재잘재잘 말 걸어 줘서 고맙고

입은 당신 유전자가 우성이었구나….

내가 무심코 흘린 말 한 마디까지 신경 써 줘서 고맙고

빈말이라도 아직 예쁘다고 해 줘서 고맙고

저번에 나 외출했을 때 애들 씻기고 집안일해 놓고 기다려 줘서 고마워.

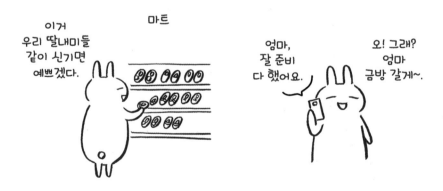

잠잘 때, 나꿍이 옆자리를 양보해 줘서 고맙고

나꿍 옆자리

아꿍 옆자리

포근

포근

그냥 좀
자라.

으앙~

만나면 가장 먼저 아기를 받아 줘서 고맙고

아꿍이 이제
아빠한테 오자.

무엇이든 하나 남았을 때 일부러 안 먹고 가는 것도 고맙고

밥하면
되는데
먹고 가지.

커피 내려 마시면
되는데 갖고 가지.

결혼 전, 당신이 나에게 먼저 대시했다는 이유로 아직도
콧대 세우고 있는 나를 받아 줘서 고마워.

이럴 거면서
결혼은 왜
한 거야?

애들한테 하는
애정 표현
반이라도
좀 해봐.

흥

사랑은
하는
거야?

하지만 항상 나를 먼저 생각해 주는 당신이
나보다 훨씬 더 나은 사람이라는 것을 압니다.

결혼 8년 차
부모 6년 차
온전히 가정을 지켜 주어 고맙습니다.

언젠가부터 숨겨 놓고
아이들한테만 하게 된 말.

사랑합니다.

네가 사랑에 빠졌을 때

요즘 네 눈을 보면 알 수 있지.

너 나한테 푹 빠졌구나!

음마!

이 방

좋은 곳에는
늘 같이 가고 싶고

저 방

엄마랑
여기 오고
싶었구나.

엄마 손에
물 묻히는 거 싫고

엄마
설거지 하지 마?

음마!
아!

난 괜찮아요.
너 드세요.

맛있는 것은
나눠 먹고 싶고

많은 사람들을 제치고 나에게 올 때면
순정만화 주인공이 된 것만 같아.

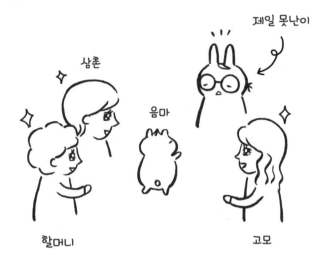

가끔 시련도 있지만

내가 너를 사랑하고
네가 나를 사랑하니
언제나 해피엔딩.

뒹굴 　　　깔깔깔

뒹굴

더 사랑하고
사랑하고
사랑하며 살겠습니다.

유모차 고행

아꽁이
쉬했구나.

유모차야,
기저귀 좀

쏙~

아꽁이
내려가고
싶어?

유모차야,
신발 좀

여기

우산 좀

물티슈 좀

간식 좀

물병 좀

아기띠 좀

아까 장본 거 좀

이렇게 유모차에 짐을 싣고 다니다 보면
세상 어디 못 갈 곳이 없습니다.

나꿍아
아기 유모차 탔는데
안 창피해?

이거
내리면
돼요.

후덜덜

그렇게 무거운 짐을 지고

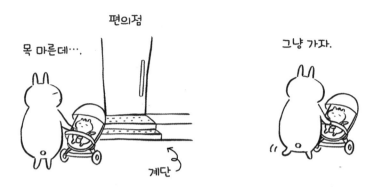

목마름을 참고

공원 가는 길

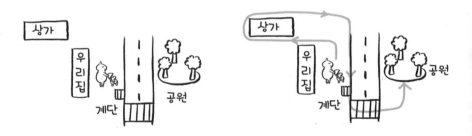

많은 길을 돌아가는 동안

첫째부터 태우던 유모차도
첫째부터 키우던 엄마도
많이 낡았습니다.

하지만 우리는 기억하고 있습니다.
7년 전,
그대도 나도 반짝이던 때를….
그리고 우리는 잘 알고 있습니다.
우리가 낡아 가는 동안
우리의 빛은 아이들에게
귀한 양분이 되어
아이들을 빛낸다는 것을….

동생이 우는 이유

엥~

나꿍아,
아꿍이
왜 우는지 아니?

음…

책을 꺼내다가
책장에 부딪혀서

흔들흔들
하더니

장난감 바구니에
빠졌는데

바구니에서 나오다가
바구니가 엎어져서.

엄마, 잘 봐요.
이렇게….

세상 진지

너무 속상했겠지?

아… 그렇겠네.

엥~

나꽁아! 아꽁이…

소파 위로
올라가더니

유리창에 붙어 있는
한글 공부 포스터를
잡아당기다가

코를
유리창에 쾅.

코 빨갛지?

어… 정말이네.

나꿍아… 엥~

머리가 아파서
그래요.

식탁 밑에 들어갔는데

일어나다가 머리를 부딪혀서

쿵!

울면서 앉았는데

또 일어나다가 머리를 부딪히고

쿵!!

또 앉았다가

또 일어나다가.

쿵!!!

아고, 저런….

쏙싹
쏙싹

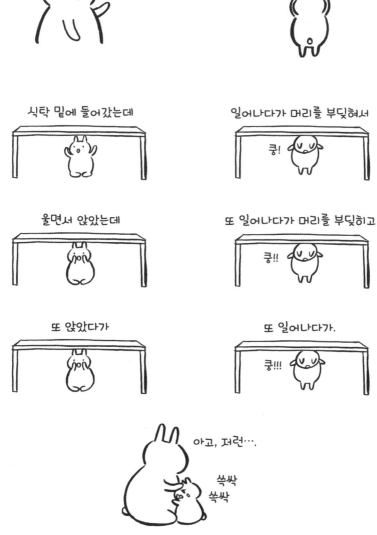

엥~

아꽁이,
꺼서 그래요.

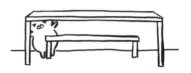

장난감이 소파 아래로
들어갔어요.

엥~

아… 그렇네.

언니가 다 보고 있으니까
괜찮아~ 괜찮아~.

어떤 점이
괜찮은 건지…

그렇게 나꽁이는 육아의 궁금한 점을 상당 부분 해결해 주었답니다.

\ 엥~ /

박스에서 나오고
싶어서 그래요.

나꽁아~
아꽁이 좀
\ 구해 주렴. /

네!
으랏차차!

언니가 있어 든든할 동생,
동생이 있어 행복할 언니.
싸우고, 울고, 웃으며 살아갈
찬란한 너희의 날들.

네가 슬프고 슬퍼서

눈물이 발을 적셔도 괜찮아,

엄마 안에서는.

"아프면 큰 소리로 울 수 있는 사람이 되렴."

엄마가, 아빠가
항상 그 뒤에 있을 테니.
엄마가
다 알고 있을 테니.

마흔 엄마

엄마 손이 아파서….

엄마,
저것 좀
꺼내 주세요.

아… 이건 안 되겠다.
엄마 손목이 나가 가지고….

엄마,
이것 좀
열어 주세요.

아… 이것도 안 되겠다.
엄마 엄지가 아파 가지고….

엄마 허리가 아파서….

엄마는 허리가 아파서
앉아서만 안아 줄 수
있지요?

어…
그래.

번쩍

번쩍

엄마 눈이 나빠서….

엄마!
이 글자
뭐예요?

안 보이는데
가까이 와 봐.

더 가까이

더 가까이

엄마 관절이 약해서….

잠재우고 나가는 중

우둑

우두두둑

엥~

엄마가 어지러움을 잘 느껴서….

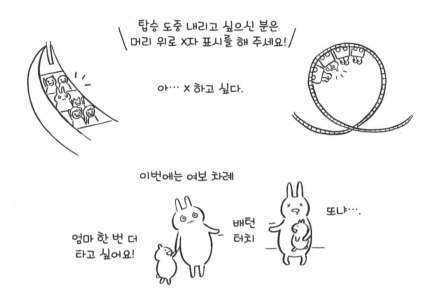

탑승 도중 내리고 싶으신 분은
머리 위로 X자 표시를 해 주세요!

아… X 하고 싶다.

이번에는 여보 차례

엄마 한 번 더
타고 싶어요!

배턴
터치

또냐….

엄마가 빨리 지쳐서….

멀리 가지 말고
엄마 보이는
곳에서만 놀아.

네!

이미 멀지만
따라갈 수가 없다.

엄마 나이를 잘 말하지 못해서….

나꿍이 떡국 먹으면
일곱 살이 되는 거야.

와아!

엄마는
떡국 먹으면
몇 살이
되는 거예요?

아… 엄마는
그… 그러니까.

ㅅ… ㅅ… ㅅ
사… 사

그래서… 미안해….

올해 떡국을 한 그릇 다 비우고 앞자리가 바뀐 나꿍맘은
행여나 다른 엄마들보다 빨리 할머니가 되지는 않을까 해서
아이들에게 미안해집니다.

이렇게 흰머리가 송송한데
베이비 엄마라니.

응애~

14개월

여덟 살의 작은 책상도
열일곱의 깔깔거림도
스물아홉의 쓸쓸함도
이렇게 생생한데,

익숙한 나이는
내게서 점점 멀어져 가고
어느덧,
낯선 내 나이가
옆에 다가와 있습니다.

아기를 낳기 전에는 아픈데 돌봐 주는 사람이 없으면 서운하더니
이젠 아프면 내 몸에게 서운합니다.

이렇게 할 일도 많고
집안일도 산더미고
애들도 봐야 하는데
몸뚱아리야
해도 해도 너무하다.

마흔. '젊음'이라는 단어로 자만하고 살던 나에게 주는
경고 같은 나이.
몸은 삐거덕거리지만
좀 더 깊은 눈으로 아기를 키울 수 있으니
그렇게 나쁜 건 아니라고 나를 다독입니다.

다만, 아이들을 위해
더 건강해져야겠다고 생각하는 새해입니다.

남편의 방

안방은 외풍이 있어서 겨울 동안 아이들을
작은방에서 재우기로 한 나꽁이네.

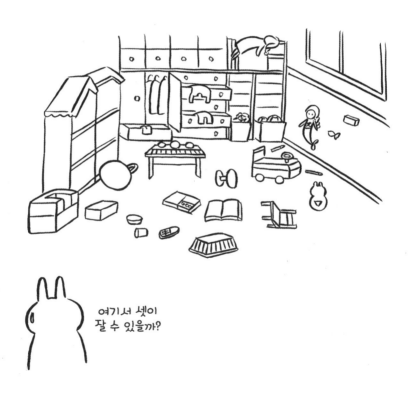

여기서 셋이
잘 수 있을까?

그리고 안방에서 혼자 자게 된 남편.

와~ 혼자
넓게 자니
좋겠네.

혼자 자는 게
뭐가 좋아?

입은 웃고 있는데?

음…
방이 비니까
빨래를
여기서 말릴까?

뭐… 그래.

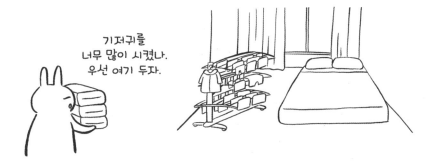

기저귀를
너무 많이 시켰나.
우선 여기 두자.

이 장난감은
지금 안 쓰니까.

이 택배 어쩌나.

무슨 휴지를
이렇게 많이….

닦아서
보관해야 하는데
우선….

이 유모차는
아직 안 타니까….

겨울에는 옷이
너무 많아!

휙

밤 늦게 귀가한 아빠꽁.

매일 쓸고 닦고, 자장가, 아기 냄새까지 더해져
꽤 아늑해진 작은방.

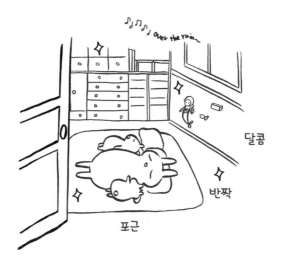

반면, 빨래와 함께 창고화되고 있는 안방.

퀘퀘

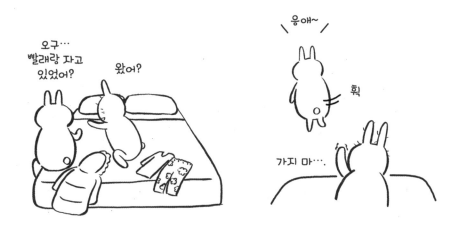

오구…
빨래랑 자고
있었어?

왔어?

응애~

휙

가지 마….

여기서 혼자
잘 수 있을까….

겨울이 한창인 지금.

남편의 방에는
빨래와
짐과 먼지
그리고
외로움 한 톨.

봄이 오면
방도 우리들도
돌아가겠습니다.

3장 엄마를 그렇게 생각해 줬으면 좋겠어

엄마를 그렇게 생각해 줬으면 좋겠어

엄마는 포근한 이불이야.

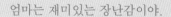

엄마는 재미있는 장난감이야.

엄마는 따뜻한 장갑이야.

엄마는 편안한 의자야.

엄마는 좋은 책이야.

나중에 나중에 엄마가 없을 때

새 이불을 사고

새 장갑을 사고

새 의자를 사고

새 책을 사면

엄마의 빈자리가 채워질 수 있게
나를 그렇게 생각해 줬으면 좋겠어.

엄마를 떠올리면
눈물부터 나는 엄마꽁은,
내 아이들은
사는 게 바빠서 엄마를
그리워할 시간이 없기를….
엄마를 떠올리며
눈물짓는 일이 없기를
바랍니다.

다 새로 사려면 돈 드니까
엄마가 오래오래 같이 있을게.

이 빠진 나꿍이

일곱 살이 되자 유치가 하나둘씩 빠지기 시작하는 나꿍이 친구들.

네 개나
빠졌다.

한 개
빠졌다.

난 두 개

미동도 하지 않는 나꿍이의 이

엄마 여기
흔들리는 것
같아요.

억지로
흔들면
안 돼.

흔들
흔들

휙

네.

엄마,
얼마나 흔들리면
치과에 가요?

나꿍이는 이 빠진 친구들이 부러웠는지
오매불망 이 흔들릴 날만 기다렸습니다.

영유아 구강 검진일

아직 이는
안 흔들리는구나.

어쩌나….

그리고 몇 개월 뒤

엄마!
여기 아기 이가
나오고 있어요!

앗!
정말이네.

이가 많이 흔들리지는 않았지만
유치 뒤로 영구치가
조금 올라오고 있었습니다.
그리하여 드디어 아랫니 두 개 발치.

뽀직
뽀직

일곱 살, 처음으로 이를 뽑은 나꽁이는

짠~

만나는 사람마다 자랑을 하고

나 이 두 개나
뽑았다.

어머! 나꽁이
이 뽑았구나!

알짱

알짱

다양한 시도를 하고

이 사이로
주스 마시기

과자 넣어 먹기

색연필 옮기기

거기로 껌은
못 분다.

발음이 새고

어금니로 베어 먹는 등

어마,
다 머거떠요.

와작

아직 건재한 귀여움을 자랑합니다.

앞니가
나고 있는 아꿍

앞니가
빠진 나꿍

앞니로
아삭

어금니로
와작

어쩜,
둘 다 귀엽

엄마 역시 처음으로
아이 이를 뽑아 준 날.

아플까 봐 걱정되는 마음과
대견한 마음,
아쉬운 마음,

그리고

어렸을 적에
이 뽑아 주신다고
이마를 때리셨던 아빠의 기억.

빡!

이를 뽑을 때마다
온 가족이 배꼽 잡고 웃었던
이 뽑는 날.

앞니 빠진 갈가지
뒷니 빠진 덕새기
우물가에 가지 마라
붕어 새끼 놀랜다
통시간에 가지 마라
구대기 새끼 놀랜다

\- 전래동요 〈이 빠진 아이 놀리기〉

옛
어르신들도
참….

천사의 언어

그거
만지지
마.

쪼찌

언니 말 못
들었어?
안 된다고
했지?

쪼쭈찌

엄마!
내가 안 된다고
했는데
아꿍이가 자꾸
만져요!

이꺼

음… 그렇지?
그런데 나꿍아,
그거 알아?

아기가
하는 말은
천사가 쓰는
말이래.

정말요?

쩌야
쩌야

응~ 하늘에서
천사랑 같이
있을 때 쓰던 말.

그럼 태어나서
인간의 말을
배우는 거예요?

그렇지.
벌써 몇 개
배웠지?

아나
아나

새삼
신기

나꿍이도 아기였을 때
천사의 말을 했는데
기억 안 나?

응애~
뿌까꿍?

음…

골똘

나꿍이도 아직
기억하는구나!

헤헤헷

아꿍이가
아직 인간의 말을
잘 모르니까,
배울 때까지
좀 기다려주자.

네!

엉니

언젠가
아기가 하는 말은
천사의 언어라고
들은 적이 있답니다.
동화 같은 이야기지만
한치의 의심도 없이
정말 그렇다고
생각했답니다.

천사의 말, 기억나시나요?

쪼삐이

이 봄, 우리는

추운 겨울, 작은 집에서 복닥이며 지냈던 우리 네 사람.

시즌 작업 중인 엄마 아빠

나도
해보고
싶어요.

이건
안 된다.

아꽁아
만지면
안 돼.

이꺼

방학 중인 나꽁

그리고 새봄, 처음으로 같은 시간, 다른 장소에 있게 된 우리 네 사람.

작업실의 아빠

집의 엄마

유치원의 나꽁

어린이집의 아꽁

겹겹이 쌓여 있는 시간은
나를 처음 유치원에 데려다주던 내 젊은 엄마를,

내가 회사에 가 있는 동안 첫째를 어린이집에 처음 보내고
문 밖에서 울었다던 엄마와
문 안에서 울었다던 첫째를 떠올려 주었습니다.

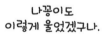

이 봄, 우리는

엄마와 처음 떨어져
어린이집에서 선생님 등에 업혀
내내 울었고

낯선 선생님과 친구들 사이에서
혼자 놀았고

올 한 해를
보낼 고민을 하고

아꿍이는 아직도 울고 있으려나⋯.
나꿍이는 친구들이랑 좀 놀았으려나⋯.
여보는 배송 마감 다했으려나⋯.

매 시간 가족들을 걱정하며 기다립니다.

어쩌면, 이 새봄이
겨울보다 더 혹독할지도 모릅니다.
하지만 이 봄을 보내면
우리 모두 조금 더 단단해져 있겠지요?
언니가 그랬고, 엄마가 그랬고,
할머니가 그랬듯이요.

변화가 많은 시기.
'낯섦'이 불안한 건 너무나 당연한 일일 겁니다.
모두 잘 해낼 수 있을 거예요.
너무 걱정하지 마세요.
파이팅~!

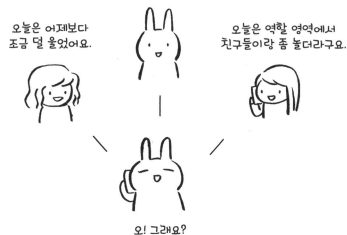

미운 일곱 살? 미운 엄마!

다른 아이들이 '일춘기'다, '미운 네 살'이다 해도
지금까지 무난히 넘겨 왔던 나꿍이에게 미운 일곱 살이 찾아왔습니다.

툭하면 화내고

이거 누가
그랬어?

원래 이렇게
돼 있었다고!

못 들은 척하고

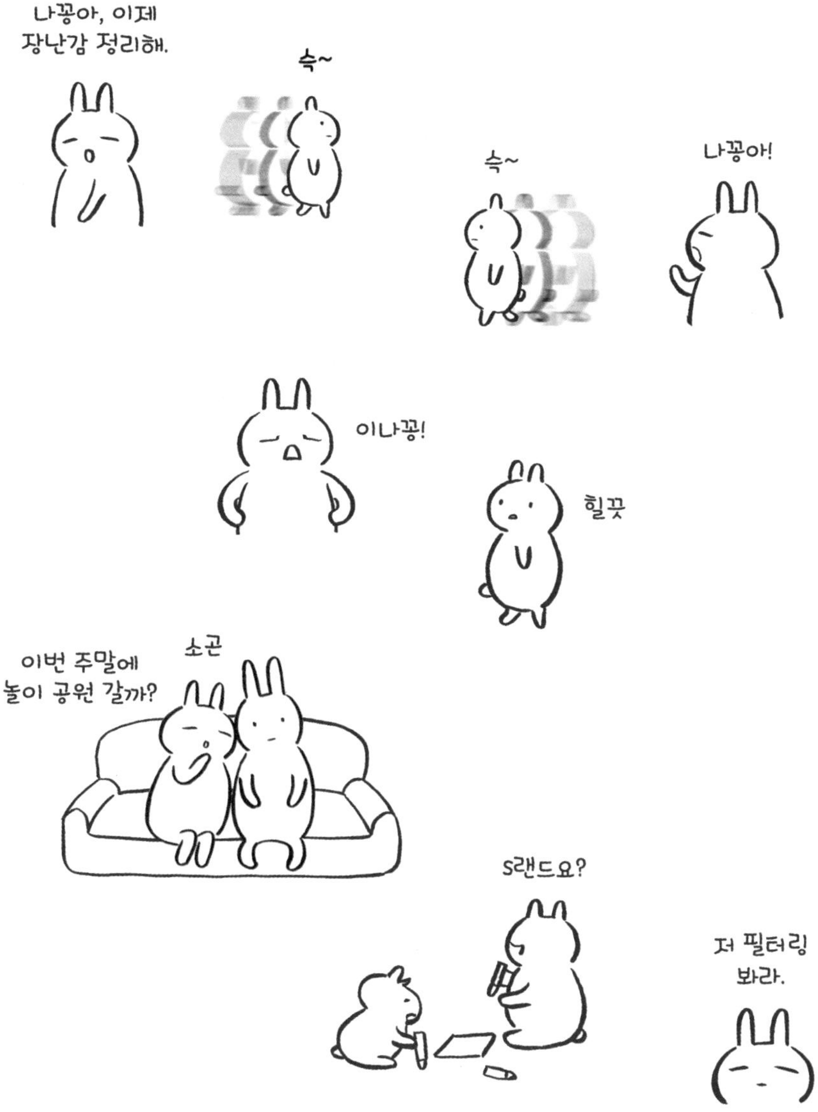

나꿍아, 이제
장난감 정리해.

속~

속~

나꿍아!

이나꿍!

힐끗

이번 주말에
놀이 공원 갈까?

소곤

S랜드요?

저 필터링
봐라.

나꿍아! 저기
산타 할아버지 있어.

엄마, 아저씨가
산타 옷 입은 거야.
산타 할아버지는
밤에 몰래 오는데
어떻게 산타겠어?

잘난 척에

이 놀이는 시시해.
다른 거 하자.

공주놀이, 요정놀이
번갈아 가며 하는 중

언니는 일곱 살이다.
어른 바이킹 탄다.

놀이터에서
놀고 있는 아기

어허!
만지지 마!

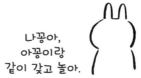

나꽁아,
아꽁이랑
같이 갖고 놀아.

다 망가뜨린단
말이야!

문 닫고 들어가서
누워 있음.

말대답하고

나꽁아, 언능
옷 입어.

양말을 먼저
신어야
옷을 입지!

너 잘났다.

동생에게 화풀이하고

저리 가!

퍽

엄마!
아꽁이가
때려요!

철썩

까!

나꽁이가
소리 지르고 때리면
아꽁이도 그대로 따라해.
예쁘게 말해야
예쁜 말 따라하겠지?

무조건 싫다고 하고

나꽁아 볶음밥 먹을래?

싫어.

그럼, 떡볶이?

싫어.

그럼 굶을 거야?

싫어~어어!

그리고 아니라고 합니다.

아까 나꿍이가
엄마한테
화내서 좀 속상했어.

미안해요.
안아 주세요.

꼭~

아니요!
이쪽 팔도 같이

꽉~

그러나
잠자는 시간에는 세상 천사.

급작스러운 아이의 변화가 당황스럽지만

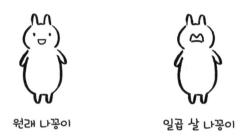

원래 나꿍이   일곱 살 나꿍이

아이는 더 적극적으로 내 이야기를 들어 달라고,
더 사랑해 달라고 말할 수 있게 된 것입니다.
그 표현이 아직 몹시 서툴지만 말입니다.
그래서 이 '서툰 반항'이 신기하기도 하고 귀엽기도 합니다.
아이 역시 급작스러운 심리 변화가 당황스러울 것이므로,
일곱 살 아이의 '미운 엄마'가 되지 않게
더 귀 기울이고 더 사랑해 줘야겠습니다.

요즘 그렇게   우리
화를 내고   엄마도
소리를 지른다.   그래.

먼저 도닥여 주고 먼저 칭찬해 주고
먼저 예쁘다, 똑똑하다 해 주면
미운 일곱 살도 곧 지나가겠지요?

어어어어
어엉~!

쾅쾅

그런데 아꿍이는
왜 저러냐….

나한테
배워서
그래요.

엄마가 제일 좋아하는 사람

엄마는 언니 중에서
누가 제일 좋아요?

나꿍이 언니

헤헷

엄마는 아기 중에서
누가 제일 좋아요?

번쩍

아꿍이

꺄~

답은 이미 정해져 있다.

그럼 아빠 중에서는
누가 제일 좋아요?

나꿍이 아빠

풀짝
풀짝

그럼,
엄마 중에서는?

내 엄마

엄마의 엄마?
나꿍이 엄마
아니고?

응~ 나꿍이 할머니가
엄마의 엄마잖아.

아, 맞다.

그런데
엄마의 할머니는
어디 있어요?

안 계셔.
옛날 사람이라
돌아가셨어~.

죽음 이야기가 나오고 말았다.
(오열 예상)

후덜덜

아, 그럼
엄마 할머니도
있겠네~.

응? 왜?

풀짝

옛날 사람은
원래 다시 돌아오잖아요.

아, 맞아.
돌아오셨겠구나….

그런데 이제
엄마 할머니는
엄마 동생일걸~.

이 봄, 어딘가에 내가 제일 좋아하는 내 할머니가 계십니다.

언젠가 죽음에 대해서 묻던 나꿍이.
울먹이는 나꿍이에게
죽으면 하늘로 올라가지만
다시 태어나서 괜찮다고
이야기해 준 적이 있습니다.

제일 좋아했던 사람이
어쩌면
지금 우리 곁에 있는지도 모릅니다.

하나와 둘의 공식

아이가 둘이면

행복이 두 배

까꿍

언니

보기에
좋구나….

그리고 고생은 네 배라고 합니다.

아이가
둘이면
고생도 두 배
아닌가요?

둘째 낳기 전 나꿍맘

그래서 제가 한 번
키워 보았습니다.

아침, 등원 준비 시간

밥 먹이면서
머리 묶고

옷 입히고

치카시키고

기본

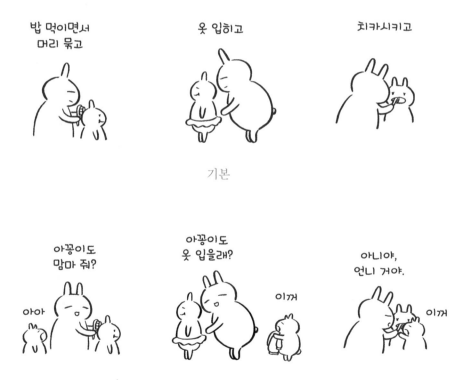

아꿍이도
맘마 줘?

아아

아꿍이도
옷 입을래?

이꺼

아니야,
언니 거야.

이꺼

이래서 두 배

휘적　　　휘적

악! 나꿍이 밥!

← 언니 가방

엄마, 신발이
한 짝 없어요.

어디 갔지?
버스 올 시간
다 됐는데!

악! 약병은 도대체
어디 둔 거야아~.

이런 이유로 세 배

나꽁아!
나가면
뛰어야 돼!

아니다, 나꽁아
다시 들어가자.

아꽁이
응가 쌌어요?

결국 걸어서 등원

결국 네 배.

그 외에도 옮고 옮기는 질병, 끝없는 다툼,
두 배씩 들어가는 양육비, 교육비에
직장 문제 등은 기본입니다.
그럼에도 요즘,
아꽁이가 10명쯤 있었으면 하는
생각이 드는 이유는….

귀여움이
무한대!

아이를 10명 낳으면 이름은
아꽁 1, 아꽁 2, 아꽁 3….
이렇게 지어야지.

아이가 하나라서 좋은 점

부비

부비

아이가 둘이어서 좋은 점

알콩

달콩

나 혼자 살 때보다 10배쯤,
혹은 100배쯤 힘든 육아.

하지만
나 혼자 살 때보다 20배쯤,
혹은 200배쯤 많이 웃는 것을 보면
육아는 이득인 것이 확실합니다.

아이가 셋이면 행복이 세 배,
고생은 열 배라고 하던데 정말 그런가요?

제가 키워 보지 않고
참고만 하겠습니다.

하늘이 웃는 초승달

우와~
예쁘다.

엄마!
저기 달님 있어요!

그런데 달님이
동그랗지 않고
왜 저렇게 생겼지?

아~
그건 말이야~.

하늘이 웃고
있어서 그래.

그렇구나.

최선을 다해 엄마를 찾는다

아꿍이가 자다가 깼을 때

아앙~

신생아 때에는
누워서 울더니

에엥~

뒤집기를 할 수 있게 되자
뒤집어서 울고,

엥~

앉기 시작하자
앉아서 울더니

이러다 서기 시작하면
서서 우는 거 아닌가….

그럴 리가 ㅎ~.

정말 서기 시작하자
서서 울기 시작했습니다.

심지어 걷기 시작하자
걸어 나오면서 울고

엉덩이 떼기도 전에 도착.

뛰어다니는 지금은
뛰어나오면서 웁니다.

그렇게 아기는 최선을 다해 엄마를 찾았습니다.

낮에는 일할 시간이 부족해
새벽에 일을 하는 엄마꽁.
하지만 아직도 새벽에
두세 번씩 깨는 아꽁이 때문에
한 시간이고 두 시간이고
도닥이고 있어야 한답니다.

악! 또 자 버렸다!

벌떡

그러다 보면
일을 끝내지 못할 때도 있고
같이 잠이 들 때도 있습니다.

하지만 아기가 깨서
엄마를 부르는 것이 아니라
엄마가 곁에 없어서
아기가 자꾸 깨는 것은 아닌지….
늘 바쁘다는 핑계로
충분히 곁에 있어 주지 못해
자꾸 찾는 것은 아닌지 하는
생각이 들었습니다.

오늘은 엄마가
최선을 다해
너에게 갈께 아가~.

잠에서 깨기 전에
어서 아기 곁으로 가야겠습니다.

엄마 몸 사용 설명서

1. 발을 손으로 사용합니다.

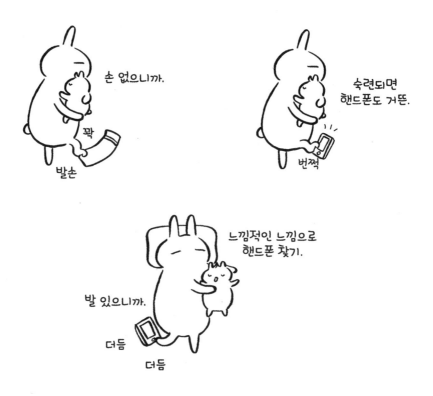

2. 배를 의자로 사용합니다.

한 손의
자유

배를 의자 모양으로
만드는 것이 포인트

그리고 골반뼈의 재발견

껑충

골반뼈에
착석

3. 다리를 들것으로 사용합니다.

유모차 + 아기도
거뜬

4. 팔을 아기띠로 사용합니다.

장시간도
OK!

버둥버둥도
OK!

크로스로
꽉

5. 등을 햇빛 가리개로 사용합니다.

지글

지글

바람막이로도

우산으로도
사용 가능

두 눈에 사랑을 가득 담습니다.

하트 뿅뿅

그리고 입으로는 사랑을 말합니다.

사랑해~.

엄마가 되고 나니
버겁게만 느껴지던 내 몸은
사용할 데가 이렇게나 많습니다.

애들 생각해서
다이어트는 역시
미루는 걸로….

폭신   폭신

몸을 소파로 사용합니다.

산후조리원의 기억

6월이 생일인 나꿍이.
나꿍이를 낳고
산후조리원에서 몸조리를 했답니다.
오래전 이야기지만 그곳을 기억해 봅니다.
내내 비가 내리던 날의 그곳.

모두 주황색 옷을 입고
수면 양말을 신고
손목 보호대를 하고

방에 한 명씩 들어가 앉아서

멍하니 TV를 보기도 하고

또 멍하니 핸드폰을 보고

내내 그치지 않는
비를 보기도 하고

불어서 아픈 젖을 참아 가며
조금이라도 눈을 더 붙여 보고

침대에서 끅끅거리며
울기도 하고

새벽 5시쯤, 아기가 깼다는 콜에
1초쯤 수유를 부탁할까 고민하지만

울다 자서 퉁퉁 부은 눈과
씻지 않아서 껄껄한 몸과
떡진 머리를 질끈 매고
결국 수유실로
무거운 발걸음을 옮기고

모두 모여 앉아 젖을 내놓고
수유를 하고

젖을 잘 물지 않는 아기와
한 시간 혹은 두 시간쯤 씨름을 하고

또 멍하니 다른 사람들의
젖을 보기도 하고
아기를 보기도 하고
시계를 보기도 하고

결국은 간호사를 불러
보충 수유를 부탁하고
방으로 향하기도 하고

식당에서 누구와 밥을 먹게 될지
눈치를 보고

오늘은 아기가
젖을 물었네 안 물었네
이야기를 하고

신생아실 창문 안쪽에서
눈을 뜨고 있는 아기를 보면
괜히 마음이 짠해지기도 하고

아이가 잘 물지 않아
퉁퉁 부은 젖을 짜내고

혹은 나오지 않는 젖을
10밀리미터라도 짜내 젖병에 넣어서
간호사가 잘 먹이고 있는지
젖병에서 눈을 떼지 못하고

남편이 야근이라도 하면
으슬으슬한 몸과
쑤시는 손목을 걱정하며

또 유축을 하고 콜을 받고 수유를 하고 밥을 먹고
멍하니 TV를 보고 흐느껴 울었습니다.

퇴원하는 날

이런 곳에서도
사람이 살았다고
짐이 한가득이구나.

아기를 낳았는데
왜 기쁘지만은 않은 걸까….

몸도 돌아오지 않고
밥 먹고 젖 짜내고
나는 그저 젖소인가….
여자로서는 끝인 건가….
종일 아기와 씨름하는데
몸조리가 되긴 하는 건가….

엄마꽁에게 조리원 생활은
그렇게 힘들기만 했습니다.
하지만 그때는 알지 못했습니다.
혼자 있을 수 있는 시간의 소중함을….
혼자 있을 수 있는 공간의 소중함을….
그 시기가 육아 중 가장 힘들지 않은 시간임을….

그렇게 엄마가 되고
육아가 시작되었습니다.
언젠가 '육아의 기억'이라고 추억하게 될
힘들었지만 가장 행복했던 날들의
이야기가 시작되었습니다.

숨바꼭질

쉽게 찾아 주지 않는 서비스

나꽁아~

엄마가 찾을 수 있게 가까이 이동하는 나꽁이

나꽁아,
어디 숨었니~.

엄마 답답

안 되겠는지 더 가까이 이동하는 나꿍이

도무지 못 찾겠다 신공.

못 찾겠다,
꾀꼬리!

엄마!
밖에도 찾아봐!
계단도 있고.

아~ 여기!
찾았다!

꺄~

응~
못 찾는 줄
알았어.

엄마!
내가 너무
꼭꼭 숨어서
못 찾을
뻔했어요?

으쓱

네가 어디에 숨든
엄마는 지켜보고 있단다.
너를 잃어버리지 않도록.

늘 그렇게 알려 주렴.
엄마가 너를 찾을 수 있도록.

응~ 집까지
찾으러 갈
뻔했다니까~

집에 간 줄
알았어요?

이 여름 우리는

이 여름, 우리 넷은

같은 과일을 먹고

같은 놀이를 하고

같이 땀을 흘리고

보고만 있어도
넘나 더운 것….

같이 선풍기 바람을 쐬고

같이 비를 맞고.

이 여름, 우리 셋은

모기 기피제를 뿌리고

조금은 느리게
조금은 게으르게
여름이 깊어 가고 있습니다.

오늘 저녁은
맛있는 거
먹으면 안 돼?

알았어.
치킨 시켜 줄게.

아이를 낳고 또 달라진 생각.

물놀이를 하기에는
더울수록 좋다는 것.
아이들에게는 옷차림 가벼운 여름이
최적의 계절이라는 것.

덥게만 생각했던 여름이
즐겁습니다.

단유 일기

20개월.
쭈쭈를 여전히 너무나 사랑하는 아꽁이

찌찌

낮에는 애교로

찌찌
안 대?

안 대요?

헉! 존댓말을
어디서 배웠지?
돼요, 돼!

꺄아~

밤에는 울음으로

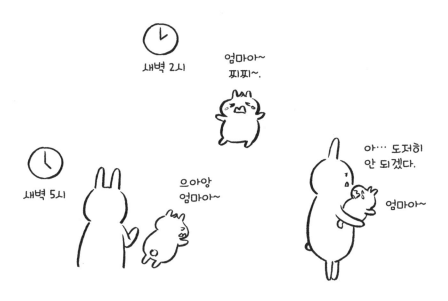

새벽 2시

엄마아~
찌찌~.

아… 도저히
안 되겠다.

새벽 5시

으아앙
엄마아~

엄마아~

잘 때는 아빠 손만 닿아도 자지러지는 아꽁이

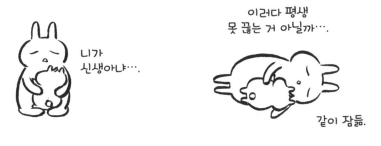

니가
신생아냐….

이러다 평생
못 끊는 거 아닐까….

같이 잠듦.

결국 쭈쭈를 물고서야
다시 잠이 듭니다.

그 후에도 수차례 젖을 찾다가
아침이 옵니다.

그런 이유로 밤중 수유조차 끊지 못하던 어느 날.

우둑

디스크
주사
약
수유X

이런 처방으로 하루아침에
수유를 끊어야 하는 상황.

마지막으로 수유를 하고

갑자기?

엄마 아야 해서
이제 쭈쭈
그만 먹어야 해.
이번이 마지막이야.
알았지?

네!

급하게 쭈쭈에 그림을 그려 보기로 합니다.

두둥

아파서
우는 콘셉트

세상 처음 본다는 묘한 표정의 아꽁이

응. 아파서 울어.
여기 아야 했어.

엄마 찌찌
아포?

아꽁아
엄마 쭈쭈
아파.

아프다.

운다.

다가온다···.

두근두근

저벅저벅

토다~

그리고 토닥토닥해 줍니다.

엄마 찌찌 아포?

응. 울어.

하루 종일 아픈지 확인하는 아꿍이.

~지마

그리고 눈물을 닦아 줍니다.

그렇게 낮 시간은 보냈지만
문제는 밤 시간입니다.

잠결에도 기억을
하는 건가….

그런데 밤에 아빠 손만 닿아도
자지러지던 아꿍이.
어쩐 일인지 아빠의 토닥에
울다 잠이 듭니다.

그리고 아빠 쭈쭈 더듬더듬.

더듬

더듬

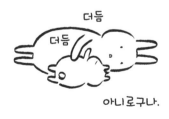

아니로구나.

휙

다음 날에도 종일 확인하는 아꿍이

쭈쭈 그림을 보고 또 토닥.

둘째 날도 아빠를 거부하지 않고
울다 잠이 듭니다.

그리고
셋째 날은 확인해 보지 않고
물어만 보았고

엄마 찌찌
아포?

응, 아파.

보름이 지난 지금도 역시
아프냐고 묻습니다.

엄마 찌찌
아포?

역시 더
잘 자는구나.

아이도
끊을 때가 되었다고 하고

짜내지 않아도
줄어드는구나.

몸도
끊을 때가 되었다고 하는데

엄마,
찌찌 아포?

마음이
아파….

엄마 마음만 아직도 아니라고 합니다.
그렇게 20개월의 수유를 마쳤습니다.

찌찌밖에 모르는 바보.

단유 한 달 후

엄마,
배 아포?

아니,
안 아파.

엄마,
찌찌 아포?

아니,
안 아프지.

아! 아니다
찌찌 아프다, 아파!

번쩍

단유도 일상이 되었습니다.
단유를 하고 보름쯤 후에는
슬프기도 하고
시원하기도 하고
무언가를 잃어 버린 것 같기도 하고
정말 잘했다 싶기도 하고
딱 한 번만 더 물려 봤으면 싶기도 하고.
이 복잡 미묘한 감정은
이별의 느낌과 비슷하달까요.

단유를 한 지 한 달, 아꽁이는
아직도 찌찌가 아프냐고 묻습니다.
그렇게 수유도 언젠가는
아물어야 할 상처임을 알았습니다.

4장 딸에게 쓰는 편지

다 똥이다

결혼 전, 전염병이 돌던 어느 해

다른 사람의
분변을 만지지
않도록 주의….

뉴스도 참…
남의 똥을
만질 일이 있나.

그리고 출산 후, 어느 날

울 아기
응가해요?

끙~

부부부북   줄줄

똥 이다!

아꽁이
응가 했나
보자~

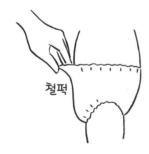

철퍽

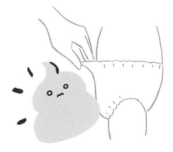

똥 이다!

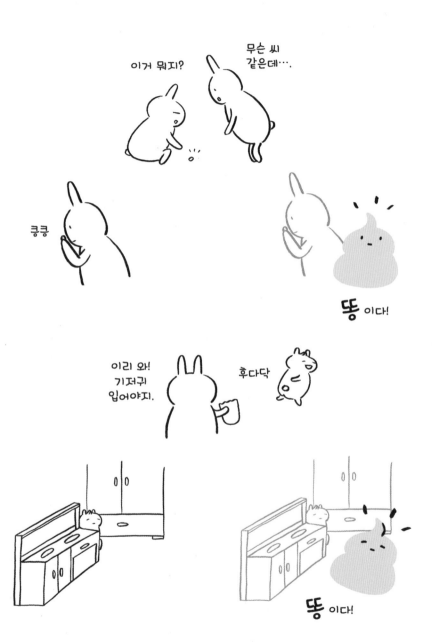

다 똥이다!

이똥꼬!
어질러 놓은
것 봐!

똥꼬
아니야.

엄마는
똥꼬뿌지직
이야!

이 방구뿡뿡
똥꼬부지직이!

후다닥

그냥 다 똥이다.

똥꽁이

깔깔

똥 이야기만 나오면 빵빵 터지는 우리 어린이.
엄마도 깔깔, 아빠도 깔깔.

아이를 낳고
똥이랑 친해진 것 같아
다행… 아니
기쁘… 아니

그냥 다 똥이다!

평화를 지키는 방법

평화로운 저녁 시간

평화를 깨는 자가 있었으니

엄마! 아꽁이가
내 인형 가져가요!

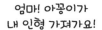

내꺼야.

엄마! 아꽁이가
내 그림 찢었어요!

엄마! 아꽁이가
내 블록 망가뜨려요!

짝

그 이름 '동생'.

와르르

나꽁아,
아까 아꽁이가
장난감 뺏어서
속상했지?

네,
그림도 찢고.

아꽁이 태어나기 전이
더 좋았던 것 같아.

언제나 아꽁이와 같이 살 때가 더 좋다고 하던 나꽁이는
단단히 화가 났습니다.

그럼 아꽁이 다시
엄마 배 속에
넣어 달라고 할까?

어차피
못 넣잖아.

천사님한테
기도하면 돼.
마법~.

기도는 많이 해야
들어줄 텐데!

많이 하지 뭐….
그럼, 기도한다.

엄마….

벽 넘어 자고 있는 아꿍이를 한참이나 바라보는 나꿍이.

나는 아기 중에서
아꽁이가 제일 좋아요.

아꽁이가 놀아 주면
제일 재미있는데

다시 태어나면
누워만 있고….

지금 아꽁이가
제일 좋아.
아꽁이 제일
사랑해.

엉엉

뭐시 문젠디….

결국 대성통곡.

그럼, 엄마
기도하지
말까?

끄덕
끄덕

그래~ 코 자고
내일 아꽁이랑
재미있게 놀자.

네.

그렇게 다시
평화로운 밤 시간이 되었습니다.

언니랑 노는 것이 좋은 어린 동생 그리고
혼자 노는 것에 익숙해져 있는 언니.
아직은 꽤 커 보이는 53개월의 차이입니다.

언제나 곁에 있어 당연한 것이 아니라
언제나 곁에 있어 소중하다는 것을
아직은 알 수 없겠지만,
외로울 때…
슬플 때…
가슴이 두근거릴 때…
53개월의 차이는 조금씩 줄어들겠지요?

그날이 빨리 올 수 있도록
엄마는 오늘도 평화를 지킵니다.

작은 파티

엄마!
다음 주 월요일에
엄마와 아빠를 위한
파티를 할 거예요!

오~ 그래?

풍선을 붙이고

케이크도 만들고

쿠키도 구울 거예요.

엄마가 회사에서
돌아오기 전까지
준비해 놓을 거예요!

와아~ 정말?

그리고 음식도 하고

딸기, 포도, 귤도 놓고

집도 깨끗하게
청소할 거예요!

그리고
엄마가 돌아오면
파티를 시작할
거예요!

와아~
너무 기대된다.

나꿍이 생일파티 때
모습이네.

월요일에
파티를 할 거예요!

그 후로도 퇴근하고 들어올 때마다 파티 이야기를 하는 나꽁이.

그런데 케이크랑 쿠키를
같이 만들기는 어려우니까
쿠키만 만들까?

그리고 나꽁이가
음식을 만드려면 힘드니까
맛있는 거 시켜 먹을까?

좋아요.

좋아요.

나꽁이 혼자 준비하기
힘들 것 같은데….
오늘 같이 준비할까?

좋아요~.

그래서 주말 저녁,
온 가족이 파티 준비를 합니다.

풍선을 불어서 장식하고

쿠키를 만들고

초코파이에 초를 꽂고

밥 대신 치킨과 과일을 준비해서

파티를 합니다.

그렇게 나꽁이가 준비한(?) 작은 파티를 끝낸 후

응~ 나꽁이가
파티 준비해 줘서
정말 좋았어.

엄마, 오늘
파티해서
좋았지?

그치?
엄마 일 안 해도 되고
놀기만 하면 되고.

그랬구나….

엄마다!

풀짝   풀짝

엄마 오기만을 기다리고 있는 너희에게

엄마 일 조금 더
해야 하는데
아꽁이랑 방에서
놀고 있어.

잠깐 엄마
빨래 좀
돌리고.

이제 밥 먹을
준비하자.

이런 모습만 보였겠구나….

바쁜 엄마와 아빠.

아이를 위해서
일을 조금이라도 더 하게 되고
좋은 것만 주려고 하다 보니
더 바빠집니다.
어쩌면, 아이를 위한 바쁨이 아니라
나 자신을 만족시키기 위한
바쁨이었는지도 모르겠습니다.

감사하게도,
아이에게는 함께하는 시간의 양보다
짧은 시간이라도 집중해서 놀아 주는 것이
중요하다고 합니다.
오늘은 기꺼이 아이에게
바쁜 일상의 한 부분을 내어 주려고 합니다.

엄마다!

그래, 한번
놀아 보자.

장난감 방으로
궈궈!

혼내지 말고 가르쳐 주세요

아꽁! 언니가 만든 거
망가뜨리면 안 돼!

부모는 혼내는 사람이 아니라
가르치는 사람

깡총~ 깡총~
언니가 만든 성에
놀러가 볼까?

쿵쿵

아꽁! 뛰지 마!
쿵쿵 안 된다고 했지!

부모는 혼내는 사람이 아니라
가르치는 사람

엄마는 집에서
고양이야.
살금살금

살금살금

언니 아야!
어서 내려와!

부모는 혼내는 사람이 아니라
가르치는 사람

언니
아~ 예뻐라.

쓰담쓰담

부모는 혼내는 사람이 아니라 가르치는 사람

이아꿍!
뱉지 말라고 했지!

냠냠~
꿀꺽.

냠냠~
꿀꺽.

아이를 가르치려면

쿵쿵

끼고 있던 고무장갑을
벗어야 하고

들고 있던 걸레를
놓아야 하고

밥 준비도 멈춰야 합니다.

이 수고로움을 견디면
언젠가 그 보답도 받을 수 있겠지요?

육아에 지친
매 순간순간
화를 내려고
화를 내지 않기를…
혼내려고
혼내지 않기를…
그리고
부모는 혼내는 사람이 아니라
가르치는 사람임을 잊지 않기를….

다짐하고 또 다짐합니다.

초등 생활 루프

① 아침, 7시 30분

앗! 나꿍아! 학교 가자!

벌떡

총총

학교로

잘 다녀와~.

교실은 잘 찾아갔으려나….

집으로

12시 30분

앗! 나꽁이 데리러 갈 시간이네!

벌써 나왔으면 어떡하지….

총총

나꽁아!

엄마!

나꽁아, 오늘 학교 재미있었어?

네, 그런데 어떤 친구가….

집으로

1시 45분

앗! 나꽁아 태권도 갈 시간이다.

총총

태권도장으로

집으로

초등학교 입학 후,
어디에 데려다 놓든 잘 적응하는 나꿍이와

도통 적응이 되지 않는다는 엄마.

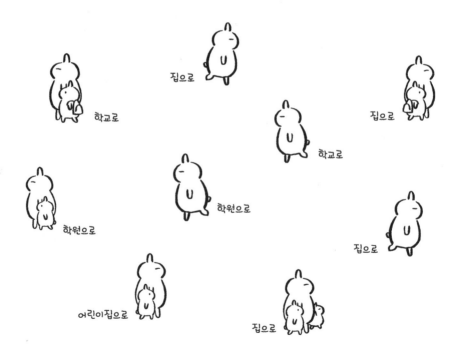

처음으로 학생이 되고
학부모가 된 지 3주째.

다른 '처음'처럼
서툴고 정신도 없지만
다른 '처음'처럼
곧 익숙해지겠지요?

엄마의 동분서주를,
그리고 그 이상으로
스스로 해야 할 것이 많아진
우리 아이들을 응원합니다!

앗! 나꿍아!
학교 가자!

벌떡

초등 생활 루프

과제가 해결되면 반복이 멈추는
'타임 루프' 영화처럼
'초등 생활 루프'에도
우리가 찾아야 할 과제가
있는 것은 아닐까요?
(막 이럽니다;;)

결혼 10년 차, 우리가 해야 할 일

덜덜덜

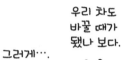

우리 차도
바꿀 때가
됐나 보다.

그러게….

소파도 가죽이
다 벗겨지네.
바꿔야 하나….

지지직

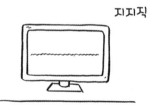

TV가 왜
저러지?
바꿀 때가
된 건가.

레일이 망가졌네.
바꿔야 하나.

덜컹

우둑

관절이
고장 난 건가.
ㅂㄲㅇ….

결혼 10년 차.
반짝이던 새 물건들은 우리와 10년을 함께하는 동안,
낡고 고장이 나서 삐거덕삐거덕합니다.

봄을 맞이해서 우리는

수리를 해 주고

먼지를 닦아 주고

커버를 씌워 주고

레일을 갈아 줍니다.

반짝이던 새 물건들은 이제 오랜 친구처럼
가장 편한 모습으로 우리 곁에 있습니다.
새신랑, 새색시였던 우리가 그렇듯이요.

어느덧,
결혼 10년 차가 되었습니다.
서로에게 너무나 익숙해진 우리.
손길이 닿지 않으면
빛을 잃어버릴 수도 있기 때문에
더욱 꼼꼼하게
서로를 살펴야 할 때가 아닌가 싶습니다.

따스한 봄,
낡은 당신의 손을 잡고
보양식을 먹으러 가야겠습니다.
오래오래 함께할 수 있도록.

그래도 차는
바꾸자, 응?
중고차 가격…,
우리 가족의 안전…,
#@$*….

오늘은
미세먼지가….

아이가 100명이라면

엄마, 우리 집에
아이가 100명이
있었으면 좋겠어요.

왜?

아이가 많으면
더 재미있게
놀 수 있으니까.

그런데 아이가 100명이면
소풍은 어떻게 가지?

2층 버스를
타고 가면 되지.

1층 아이들은 엄마가 돌보고, 2층 아이들은 내가 돌보고.

그래, 아이가 100명이면
2층 버스를 타고 소풍을 가자.

아이가 100명이면
우리 집이 너무 작지 않을까?

방이 15개쯤 있는 집으로
이사를 가면 되지.

방 하나는 잠자는 방.

잘 자~
사랑해~.

방은 15개지만 잠은 한 방에서.

방 하나는 놀이방.

방 하나는 컴퓨터 방.

하나는 바구니 방.

하나는
곰돌이 방으로
할까?

그래, 아이가 100명이면
방이 15개가 있는 집으로 이사를 가자.

아이가 100명이면
잠은 어떻게 재우지?

엄마, 아빠, 내 배 위에서
나눠서 재우면 되지.

가벼운 애가 먼저 올라가고
더 가벼운 애가 그 위로
더 가벼운 애가 그 위로.

그래, 아이가 100명이어도, 2명이어도
우리 가족 언제나 함께하자.

1센티미터의 시간

놀이공원에 놀러 온 꽁가족

120센티미터 봉인이 풀린 나꽁이

키가 120센티미터가 된 나꿍이는
혼자 탈 수 있는 놀이기구가 많아지고,

엄마, 나 저거
혼자 타 볼래요.

혼자
괜찮겠어?

까아아~

와하하~

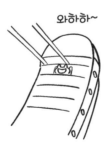

깍~

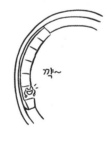

나꿍랜드

90센티미터 봉인이 풀린 아꽁이는

아꽁이는
이제 저거
탈 수 있겠는데?

아꽁이도
90센티미터니까
탈 수 있어!

안 탈 꺼야아~.

같이 탈 수 있는 놀이기구가 많아졌습니다.

이번에는
다 같이 저거
타러 가 보자!

안 탈 꺼야~.

나꽁이가 놀이공원에서 100센티미터 도장을
받아 왔던 날이 엊그제 같은데
어느새 120센티미터 도장을 받았습니다.
그리고 유모차에만 앉아 있던 아꽁이는
같이할 수 있는 것이 많아졌습니다.

아이는 곧 130센티미터가 되고
140센티미터가 되고
키가 크는 만큼 혼자 할 수 있는 것도
많아지겠지요.
그리고 언젠가 엄마 손을 놓고
모든 것을 혼자 할 수 있는 때도 오겠지요.

그때 괜찮다고 할 수 있도록
1센티미터씩, 1밀리미터씩
손을 놓는 연습을 하려고 합니다.
함께할 수 있는
1센티미터의 시간을, 1밀리미터의 시간을
최선을 다해 보내려고 합니다.

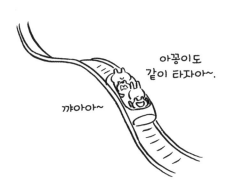

숨 한 조각까지 소중한 너

너는…

특별한 사람이 아니란다.

너는…

착한 사람이 아니란다.

너는…

예쁜 사람이 아니란다.

너는…
너 자체만으로도
소중하고 고귀한 사람이란다.

그러므로
너는
특별하지 않아도 되고
착하지 않아도 되고
예쁘지 않아도 된다.
세상에 내뱉는 숨 한 조각조차
소중하므로….

앞으로 네가 너 자신을
아끼고 사랑하며 살 수 있는 방법을
잘 알려 주는 것이
엄마의 남은 일이겠구나….

특별해야 하고.
착해야 하고.
예뻐야 하고.

세상이 만들어 놓은 행복의 기준에 미치지 못하면 불행한 것이라고….
그 기준에 맞추기 위해 애쓰며 살았던 날들이 있습니다.
세상이 원하는 학생으로, 직원으로, 그리고 딸로….
그런 모습으로도 세상의 기준에 조금이라도 미치지 못하는 것 같으면,
나는 행복한 사람이라고 애써 포장하고
나를 스쳐 가는 수천, 수만 개의 무심한 눈에 나 자신을 점점 잃어 갔습니다.
사실, 그게 잘못된 건지도 모른 채로요.

똑같은 행복을 강요하는 사회 속에서
진정한 나다움을 지키려면 많은 용기가 필요합니다.
우리는 각자 어떤 모습이든
거대한 세상을 이루고 있는 소중한 생명이기에
스스로 아끼고 사랑하며
자신만의 행복을 찾을 수 있는 용기를 가질 수 있기를 바라봅니다.

집으로 가는 길

땅을 보고 걸으면 길이 뒤로 가요.

안녕,
나는
집으로

안녕, 나는
유치원에
간다.

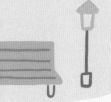

남편의 등

지난 한 해, 당신의 등에는

눈이 쌓이고

빗물이 스며들고

햇볕이 내리쬐고

바람이 파고들었습니다.

자유로운 소년이었고 청년이었던
당신의 등에는
이제 가족의 짐이 가득합니다.

세상에서 가장 무거운 짐을 지고도
단단하게 서 있는 당신의 등.

언젠가 아이들이 눈시울을 적실
당신의 등.

그 등을 선뜻 내어 주어 감사합니다.
한 해 동안 고생 많으셨습니다.

여보….

응?

쾅

아기띠
기저귀 가방
워머
육아군장

이러고 가다가
첫사랑이라도 마주치면
어떡하냐?

첫사랑이
여기 왜 있어….

풉

정말 추울 거라는 올겨울도 잘 부탁 드립니다.

그리고 당신이
첫사랑이라니까….

세상에서 가장 무겁고
세상에서 가장 값진 짐을 지고 있는
세상의 모든 아빠.
올해도 그 무게를 지켜내느라
수고 많으셨습니다.

세월을 더할수록 값이 더해지는
당신의 등.
당신의 등이 있어
우리는 오늘도 안심하고 살아갈 수 있습니다.

언제나 감사합니다.

네 꿈은 뭐니?

네 꿈은 뭐니?

저는
오카리나 연주가가
되고 싶어요.

그럼 공부 잘해야겠네.

아….

오카리나 대신 공부.

네 꿈은 뭐니?

저는
태권도 선수가
될 거예요!

그럼 공부 잘해야겠네.

아….

네 꿈은 뭐니?

저는 아이돌이
되고 싶어요.

그럼 공부 잘해야겠네.

아….

네 꿈은 뭐니?

저는 패션 디자이너가
되고 싶어요.

그럼 공부 잘해야겠네.

그런데 왜 다 공부를
잘해야 하는 거예요?

대학 가야 하니까!

모두 다른 꿈, 모두 같은 공부.

각양각색의 꿈을 꾸는 우리 아이들.
그 꿈을 입시라는 무채색으로 덮고 있는 것은 아닌지 생각해 봅니다.
아이러니하게도 입시 후에는 다시 나의 색을 찾기 위해
길고 긴 시간과 노력을 들여야 하는데도 말입니다.

똑같은 길에 서 있는 아이들.
아이들은 저마다 자신의 꿈을 이루기 위해 노력하지만
결국 모두가 공부를 잘 해야 한다는
결론 앞에 고개를 숙입니다.
나 역시 주변을 돌아보면 자꾸 불안한 마음이 들지만
내 아이가 즐겁게 할 수 있는 일을 찾아 주는 것이 우선임을 잊지 않고자 합니다.
아이 스스로 자신의 길을 찾을 수 있도록 도울 것입니다.
시대가 바뀌었지만 시대는 또다시 바뀔 것입니다.
지금 옳은 것이 꼭 옳은 것은 아닐 것입니다.

맞벌이 부부의 1학년 1학기

퇴사를 가장 많이 결심한다는 초등학교 입학 시기.
맞벌이인 꽁이네는 야심 차게 신학기를 시작했습니다.

우리는 그래도
시간이 자유로운
편이니까
잘할 수 있겠지?

그치,
번갈아 가면서
픽업하면 되니까.

시간제 근무   자영업

정말 그랬을까요? 1학년 신학기를 소개합니다!

홀로 돌봄교실로.

첫 등교인데
이 그림은 아니지.

도리
도리

엄마와 집으로.

이런 이유로 돌봄교실을 신청하지 않았던 꽁이네는

아악!
또 늦어 버렸다!

저기, 미안한데
오늘 나꽁이
픽업해 줄 수 있어?

↖

나꽁이 친구
엄마

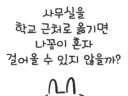

사무실을
학교 근처로 옮기면
나꽁이 혼자
걸어올 수 있지 않을까?

그래,
그러자.

발바닥에 불이 나게 뛰어야 했고
주변 엄마들에게 픽업을 부탁해야 했고
사무실을 학교 근처로 옮겨야 했고
결국, 돌봄교실 신청을 해야 했습니다.

사실, 돌봄교실 신청을 하지 않으면
학원에서 픽업을 해 준다고 해도
하교가 불가능했습니다.
4교시 하는 날, 5교시 하는 날,
방과 후 교실 하는 날, 안 하는 날,
개학식, 방학식 단축수업,
학기 초, 학기 말 단축수업 등.

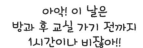

아악! 이 날은
방과 후 교실 가기 전까지
1시간이나 비잖아!!

돌봄교실은 이런 학교생활에 한 줄기 빛이 되어 주었습니다.
돌봄교실은 규칙적인 학교생활에서 유일하게 자유로울 수 있는 곳으로,
아이들 마음의 안식처입니다.
어떤 상황에서도 가방을 벗어 놓고 마음 편히 있을 수 있고
선생님이 스케줄 관리와 귀가 지도를 해 주시고
다양한 프로그램과 간식도 제공됩니다.
무엇보다 반 친구는 물론 다른 반 친구들과 친해질 수 있는 기회가 되기도 합니다.

어쨌든, 학교에 이렇게 좋은 곳도 있습니다.

| 절대적 휴일 |

| 여름방학, 겨울방학 |

돌봄교실도 여름방학과 겨울방학에
각각 일주일씩 방학을 합니다.
학기 중에는 6시 정도까지 운영하지만
방학 중에는 보통 2시 정도까지 운영합니다.
오후 일정을 미리 계획하는 것이 좋습니다.
학교에 따라 도시락을 싸가야 하는
경우도 있습니다.

동생이랑
방학 기간이 달라?

털썩

| 학교장 재량 휴업일 |

샌드위치 연휴나 수능일,
천재지변 등이 있을 때 4일 전후로
학교장 재량 휴업일이 있습니다.
이를 대비해 연차 휴가를 남겨 놓는 것이 좋습니다.

이미 연차 휴가 소진.
어디 한번 더 가 봅시다.

| 입학식 |

꼭 참석해야겠지요?

그래, 그래.
나 여기 있고
너 거기 있지.

| 학부모 총회 |

1년 동안 아이를 지도해 줄 선생님의 교육관을 들을 수 있고
학교 생활을 도와줄 엄마의 역할을 확인하는 자리입니다.
참석이 어려울 경우 다른 엄마들과 정보를 공유하면 좋습니다.
반마다 규칙이 다르므로 같은 반 엄마면 좋겠지요?

| 학부모 활동 |

아이들의 학교 생활을 곁에서 지켜볼 수 있는 좋은 기회지만
활동하는 날 외에 사전 모임과 대표 맘 모임을 준비해야 합니다.
반 모임을 주도해야 하고 선생님과 학부모 사이의 다리 역할도 해야 합니다.
다른 활동 역시 스케줄을 미리 확인하고 지원하시면 좋습니다.

| 상담 주간 |

담임 선생님과 아이의 학교 생활을 체크하고 부족한 점을
보완할 수 있는 좋은 시간입니다.
*전화 상담도 가능하답니다.

| 공개 수업 |

아이의 첫 학교 생활을 응원해 주기 위해서 꼭 참석해야겠지요?
(공개 수업 후 아이들은 정상 수업을 하기 때문에 오전 반차 활용하시면 됩니다.)

| 체육대회 |

참석해서 응원해 주는 것이 좋겠지요?
체육대회가 끝나고 나꿍이네 학교는 부모님을 위한 음악회를 했답니다.

아고, 늦었네.

조금만 일찍 오지.
금방 나꿍이 뛰었는데….

소풍이나 체육대회 등 학교 행사가 있는 날.
돌봄교실은 정상 운영하지만 보통 일찍 데려갑니다.

나꿍아~
엄마 왔다.

텅

엄마!

오랫동안 혼자 있었어?

남자 친구 한 명 더 있었는데
조금 전에 갔어.

우리 맛있는 거 먹으러 갈까?

짜장면!

초등학교 입학.
남들 하는 건 다 해 주고 싶어서 애를 써 보았지만
엄마의 자리를 채우기에는 학교의 크기가 참으로 컸습니다.
그 외에도 반 엄마들 모임과 반 친구들 모임이 있고
아이가 아프기라도 하면 또 힘겨운 일주일이 흘러갑니다.
이렇게 만만치 않은 1학년.
과연 맞벌이가 가능할까요?
대부분의 일정은 1학년 1학기 때 이루어집니다.
그리고 2학기 때에는 등하교를 혼자 하는 아이들이 하나둘씩 늘어 가고
1학년 말에는 마음과 생활 모든 것이 안정화되기 때문에
가장 힘든 시기는 1학년 1학기라고 할 수 있습니다.
이 시기를 잘 보내면 직장 생활을 계속 이어 나갈 수 있습니다.
이 시기를 맞벌이를 하면서 보내기는 힘들기 때문에
여러 사람의 도움과 제도적 도움이 필요하다는 생각이 듭니다.

이 글이 초등학교 입학을 앞둔 맞벌이 부부에게
조금이라도 도움이 되면 좋겠습니다.

어머님, 이제 일정 체크만 했을 뿐입니다.
초등학교 입학, 감당하실 수 있겠습니까?

아홉 살이 된 너에게

나꽁아!

등굣길, 친한 친구를 만난 나꽁이는

어쩌구
저쩌구

속닥속닥

엄마 손 대신 친구 손을 잡고

엄마 눈치를 보고

우와~!

뭐지?

엄마에게 들리지 않게 이야기를 합니다.

아… 어제
받았던
박하사탕인가
보구나….

지금은 말하지 않아도 알 수 있지만

비밀이에요!

깔깔

요 녀석들!
무슨 이야기했냐?!

언젠가는 엄마가 모르는 이야기를 하겠지요?

그렇게 친구에게 점점 다가가고 있습니다.

까!

그런게
어디 있냐!
학교 끝나고
먹어!

지금의 너는 엄마 몰래
실내화 가방 안의 박하사탕을
속삭이지만,
언젠가 너는
사랑을 그리고 슬픔을
속삭이겠지….

좋은 친구를 사귀렴.
네가 되고 싶은 친구를 사귀렴.
엄마가 모르는 네 상처를
보여 줄 수 있는 친구를 사귀렴.
그렇게 너의 세상을 만들어 가렴.

－아홉 살의 봄날, 엄마가

엄마와 떨어지는 것이 불안해서 엄마 손을 꼭 붙잡고 길을 걷던 아이는
엄마 손을 놓고 걸을 수 있게 되었고, 저만큼 뛰어갈 수 있게 되었고,
엄마 없이도 혼자 길을 걸을 수 있게 되었습니다.
아이 손을 꼭 잡고 가던 엄마는
아이가 혼자 걷는 것이 불안했고, 뛰어가는 것이 불안했고,
눈에 보이지 않아 더더욱 불안했습니다.

하지만 그 길에는 내 아이가 서 있습니다.
이제 막 엄마 손을 놓고 혼자 걷고, 혼자 뛸 수 있게 된 아이가요.
그렇게 자신만의 속도로 자신만의 세상을 살아갈 아이들.
아홉 살의 서툰 마음으로 웃고, 아파하고, 슬퍼하며,
그들만의 세상을 만들어 갈 우리 아이들.
불안해서 아이 손을 꼭 잡고 같이 걷던 그 길을
아이 스스로 갈 수 있는 길이 되도록
엄마가 먼저 용기를 냅니다.
온 마음으로 아이가 걸어갈 길에 응원과 축복을 보냅니다.

육아의 감촉

©2019 임세희

1판 1쇄 인쇄 2019년 9월 27일
1판 1쇄 발행 2019년 10월 7일

지은이 ⏐ 임세희
펴낸이 ⏐ 이영혜
펴낸곳 ⏐ ㈜디자인하우스
출판등록 ⏐ 1977년 8월 19일(제2-208호)
주소 ⏐ 서울시 중구 동호로 310 태광빌딩(우편번호 04616)
전화 ⏐ 편집 02-2262-7395 · 마케팅 02-2262-7137
팩스 ⏐ 02-2275-7884
홈페이지 ⏐ www.designhouse.co.kr

기획사업본부
본부장 ⏐ 박동수
편집장 ⏐ 유화경
영업부 ⏐ 문상식, 소은주
제작부 ⏐ 정현석, 민나영

디자인 ⏐ 스팍스에디션
교정교열 ⏐ 김수미

ISBN ⏐ 978-89-7041-738-7 03810